Little Italy
(Déi Véier aus dem Quartier)

Ritchie Rischard

Copyright © 2017 Ritchie Rischard

Alle Rechte vorbehalten.
ISBN: 9781549783265

Neioplag 2019

Virwuert

Als klengen Däbbes hunn ech vill a schéin Zäiten am „Quartier Italien" verbruecht. Virun allem wann ech mat menge Kosengen a mengem Brudder op der Haard ënnerwee war fir eng „Bud" ze bauen. Ab Enn der 70er bis wäit an d'80er Joren era sinn ech dann am „Quartier Italien" erausgaangen. D'Disco „Pirat", aus där méi spéit de legendäre „Rollship" gouf, an déi sëlleche Caféë si mir nach a gudder Erënnerung bliwwen

Wéi ech virun e puer Joer mol nees duerch de „Quartier Italien" getrëppelt sinn, an un déi gutt al Zäite geduecht hunn, do ass mir duerch de Kapp gaangen, dass de „Quartier Italien", wéi e fréier war, eng ideal Kuliss wier fir eng Mafiageschicht spillen ze loossen. Ech hunn doropshi mat menge Recherchen ugefaangen a mir och déi eng oder aner Anekdot vu fréier notéiert. Dorausser ass dann dës fiktiv Geschicht entstanen. D'Personnagen an dëser Geschicht sinn alleguerte fräi erfonnt, oder vläicht och net? D'Caféen déi an dëser Geschicht optauchen, goufen et zwar alleguerten, mä ech hunn d'Nimm geännert, fir se esou besser kënnen a meng Geschicht anzebauen.

Natierlech hunn ech och un all déi Leit geduecht, déi viru ville Joren op Lëtzebuerg koumen, fir hei op der Schmelz ze schaffen. Si waren et dann och, déi de „Quartier" opgeriicht hunn. Déi Meescht koume jo aus Italien, an dohier huet dëst Diddelenger Véierel dann och säin Numm kritt: „Quartier Italien".

WIDMUNG

Fir all déi Leit, déi de „Quartier Italien", d'Stad Diddeleng an dat ganzt Land opgebaut hunn. Merci dofir, dass mir duerch iech am Wuelstand kënne liewen.

Merci

E spezielle Merci och un de Marco Arend, de Claude Kugeler an de Michel Sassel.

Picture: Copyright by Ritchie Rischard 2017

1. KAPITEL
D'Diagnosen

Am Juni 2014 gouf den amerikanesche Countrystar Glen Campbell offiziell bekannt, dass scho sechs Méint virdru bei him Alzheimer diagnostizéiert gi wier. De Glen hat doropshin decidéiert nach e leschten Album opzehuelen an och domadder op eng „Farewell Tour" ze goen, dat esoulaang hien d'Texter vu senge Lidder nach verhale kéint.

Fir mech, deen ech schonn zanter de 60er Joren e grousse Fan vum Glen Campbell sinn, war dës Noriicht deemools e grousse Schock! An engems hunn ech hien awer dofir bewonnert, wéi en ebe mat dësem Schicksalsschlag ëmgaangen ass. Wéi géing ech domadder ëmgoen, wann ech déi Diagnose géing kréien, hunn ech mech deemools selwer gefrot. Eng Fro déi mir deeglaang duerch de Kapp gaangen ass, ier de Gedanke lues a lues awer am Sand verlaf ass.

Bal zwee Joer méi spéit, den 22. Abrëll 2016 fir méi genee ze sinn, huet de Glen Campbell säin 80. Gebuertsdag gefeiert, a bei mir stoungen deen Dag 86 Käerzen um Gebuertsdagskuch. Dass de Glen an ech deeselwechten Dag Gebuertsdag hunn, sollt awer net dat Eenzegt bleiwe wat eis Zwee verbënnt ... leider!

Dee Freideg Moie vu mengem Gebuertsdag souz ech an der Salle d'Attende vu mengem Dokter zu Boulder am Colorado, an hu ganz ongedëlleg op hie gewaart. Ech muss éierlech zouginn, dass et mir déi Kéier net ganz geheier war. Iergendwéi wousst ech och wat de gudde Mann mir soe géing. Meng Angscht sollt sech och bestätegen. Seng Diagnose war: Alzheimer!

Komescherweis hunn ech awer net panikéiert oder sinn an eng grouss Depressioun gefall. Wësst dir dann och firwat? Ma ganz einfach, ech hu mech dee Moment un de Glen Campbell erënnert, wéi hien zwee Joer virdru mat sengem Schicksal ëmgaangen ass. Mä, de Glen ass e Star, e Museker deen einfach mol séier nach en Album opgeholl huet an domadder op Tournee gaangen ass. Hien hat also en Talent, dat ech net hunn. Déi eenzeg Kéiere wou ech sangen, dat ass ënnert der Dusch, an do bleift et iergendwéi ëmmer beim Glen Campbell sengem Hit „Rhinestone Cowboy". Máin eenzege Fan bei dësen naasse Concerten ass máin Dackel Jimmy. Mä schonn nom éischte Refrain mécht deen och all Kéier eng Méck, dee klenge Feigling. Esou e Mupp huet eben empfindlech Oueren.

Mä, elo mol am Eescht. Wat kéint ech maache fir mat menger Situatioun eens ze ginn, hunn ech mech gefrot. A wësst dir wéini ech d'Äntwert op meng Fro fonnt hunn? Ma, wéi ech d'Käerz, déi d'Form vun der Ziffer 86 hat, op mengem Kuch ausgeblosen hunn. Op eemol woussst ech wat ech maache kéint, nämlech meng eege Geschicht erzielen, an déi ass net vu schlechten Elteren. Mir waren nämlech eng wëll Band, meng Frënn an ech. Véier jonk Borschten, déi nom Krich op eng kriminell Bunn gerode sinn, ier se sech ëmsinn haten. Deemools ... nom Krich ... zu Diddeleng am „Quartier Italien", vun den Diddelenger einfach nëmme „Quartier" genannt. Fir eis war et ganz einfach „Little Italy", well mir ware ganz amerikanesch ugehaucht, den Aki, den Joe, de Lucky an ech, de Robert Lenz, kuerz Bob genannt.

2. KAPITEL
D'Famill

De „Quartier Italien" zu Diddeleng läit am Süde vun Diddeleng, an et waren och Leit aus dem Süden déi dëst Véierel opgebaut hunn. Wéi den Numm et dann och scho verréit waren dat Italiener, also Leit déi hir Heemecht verlooss haten, fir sech zu Lëtzebuerg op der ARBED hir Suen ze verdéngen, an op eng besser Zukunft fir hir Famillen ze hoffen.

Eng ënnert all dësen Immigrante war meng Mamm Sophia, déi sech nom éischte Weltkrich op de Wee iwwert d'Alpen a Richtung Lëtzebuerg gemaach hat. Firwat si genee op Lëtzebuerg wollt, ass ganz einfach z'erklären. Si hat am Krich als Infirmière fir d'Rout Kräiz geschafft a war iergendwéi zu Lëtzebuerg gelant, wou si dann och mengem Papp iwwert de Wee gelaf war. Hir Eltere sollt si ganz zum Schluss vun dësem schreckleche Krich verléieren, si waren Affer vu der Spuenescher Gripp ginn, déi deemools vill Zaldoten an och Zivilisten hu misse mat hirem Liewe bezuelen.

Mäi Papp war deemools Stolz wéi Oscar, wéi meng Mamm zu Diddeleng am Quartier ukoum, well si war déi schéinste Fra déi jeemools hire Fouss op Lëtzebuerger Buedem gesat hat! De Näid ënnert senge Kollege war natierlech grouss an deen een oder anere wollt dann och regelméisseg probéiere mengem Papp d'Liewe schwéier ze maachen. Mä, mäi Papp war a sengem Liewe schonn dacks duerch schwéier Zäite gaangen, an dowéinst konnt hien dat alles iergendwéi ignoréieren.

Hie gouf 1894 als Bouf vun engem Affekot zu Colmar am Elsass gebuer. Seng Mamm hat sech, wéi hie fënnef Joer al war, aus dem Stëbs gemaach, a säi Papp huet vun deem

Moment un nëmme fir seng Aarbecht gelieft. Si Zwee, also mäi Papp a mäi Grousspapp, haten dowéinst och ni en enke Kontakt zoueneen, fir net ze soen iwwerhaapt keen. Enges Daags, mäi Pap war grad mol 18 Joer jonk, war d'Loft komplett eraus aus hirer Bezéiung, falls een dat iwwerhaapt esou nenne kann.

Säi Wee sollt hien deemools op Metz féieren, wou hien d'Geleeënheet krut e Kuelenhandel z'iwwerhuelen, dee säi Papp him awer nach finanzéiere wollt. Kuerz duerno koum et dann zum Eclat tëscht hinnen Zwee, a si sollte sech fir de Rescht vun hirem Liewen ni méi erëmgesinn. Mäi Papp war allerdéngs keen esou e clevere Geschäftsmann wéi mäi Grousspapp, an et sollt och net laang dauere bis hie mat sengem Kuelenhandel eng Faillite gebaut hat.

Duerno goung et da fir hie weider op Lëtzebuerg, wou en dann och zu Diddeleng gelant war, fir sech seng Bréidercher bei der ARBED ze verdéngen. D'Aarbecht an der Minière war schwéier an deen éischte Weltkrich stoung virun der Dier, wat säin, an nach Milliounen anere Mënschen op der ganzer Welt, d'Liewen och net méi einfach maache sollt.

Tjo, a während deem ganze Wahnsinn vum éischte Weltkrich huet hie meng Mamm kennegeléiert, a kuerz nom Krich hunn zu Diddeleng d'Hochzäitsklacke fir si Zwee gelaut. Op den Nowuess hu se allerdéngs nach eng Rei Jore misse waarden, iergendwéi sollt a sollt dat einfach net klappen. Den 22. Abrëll 1930 war et dann awer endlech esouwäit, do hunn ech eng éischte Kéier de ganze Quartier zesummegebrëllt. Duerno war ech allerdéngs e rouegt Kand. Dat sollt sech awer iergendwann nees änneren, mä dozou komme mir méi spéit.

De Stot vu mengen Eltere war wéi een aus dem Billerbuch, mir ass virdrun an duerno ni eng Koppel begéint déi esou gutt harmonéiert huet, wéi meng Mamm a mäi Papp, deen iwwregens Jean geheescht huet, dat hat ech iech jo nach net gesot. Meng Eltere waren och déi eenzeg Famill déi ech hat, et goufe keng Monnien, Tattaen, Kusinnen oder Kosengen, a Grousselteren ... ma dat hunn ech iech jo schonn erkläert. Den Ersatz fir eng Famill waren am Fong geholl meng dräi beschte Frënn, den Joe, den Aki an de Lucky.

3. KAPITEL
D'Frënn

Mir waren alle Véier deeselwechte Joergang, a mat Ausnam vum Aki, goufe mir och alleguerten am Quartier gebuer. Den Aki war de Bouf vun enger japanescher Koppel, déi iergendwann aus mysteriéise Grënn hir Heemecht verlooss huet, an op hirem laange Wee, kräiz a queesch duerch d'Welt, iergendwann am Quartier gelant ass. Den Aki gouf zu London als Akhito Yamauchi gebuer, a war véier Joer al, wéi hie mat sengen Elteren op Lëtzebuerg koum. Deemools goung d'Rumeur duerch de Quartier, dass dem Aki säi Papp en déckt Déier um keeserlechen, japaneschen Haff war, do an Ongnod gefall soll sinn, an dowéinst huet missen d'Land verloossen.

Déi Koppel war souwisou méi wéi mysteriéis, an enges Daags ware se dann och spurlos verschwonnen. Kee Mënsch woussst eppes, kee wollt se fir d'lescht gesinn hunn an et war och anscheinend jidderengem egal! Op jiddwerfalls souz de klengen Aki stonnelaang eleng virun der Dier bis dem Joe seng Elteren op hien opmierksam goufen, an e bei sech eragehol hunn.

Dem Joe seng Elteren haten de Café „Bella Italia" op der Nummer 103, rue des minières. D'Haus niewendru war och hiert, an et war dat schmuelsten Haus dat ech jee gesinn hunn. Ech mengen de Prënz Charel vun England hätt misse säitlech duerch d'Wunneng spadséieren an d'Dolly Parton wier bestëmmt net duerch d'Dier komm, wann der wësst wat ech mengen. Dat Bescht un dësem Haus war awer, dass den Aki an den Joe do hunn däerfe ganz eleng dra wunnen. Den Joe war, doduercher dass seng Elteren Dag an Nuecht an hirem Café geschafft hunn, vu klengem un op sech selwer gestallt. Aus deem Grond gouf hie ganz séier selbstänneg, wat sech dann och op den Aki ofgefierft huet. Den Joe war, wéi bal jiddereen deemools am Quartier, de Bouf vun italieneschen Immigranten, an huet mat richtegem Numm Giovanni Masini geheescht. Mä mir ware jo alle Véier grouss Fans vun allem wat amerikanesch war. Dowéinst wollten der och dräi vun eis en typesch amerikanesche Spëtznumm. Esou och de Luca Baglioni, alias Lucky.

De Lucky war dee gréissten Amerika-Fan vun eis, a säi grousst Idol war de Mafiosi Lucky Luciano, an dës Tatsaach sollt méi spéit eng wichteg Roll an eisem Liewe spillen. De Lucky war main allerbeschte Frënd a main Noper vu Vis-à-vis. Meng Elteren an ech, mir hunn op 81, rue Gare-Usines gewunnt, wat dat lescht Haus an der Strooss war, also genee do wou de Quartier an enger Spëtzt verleeft, déi Ënner-, an Ueweritalien matenee verbënnt.

Dem Lucky säin Elterenhaus war dann dat éischt an der rue des Minières, an en huet sech ëmmer domadder gebretzt, dass hien dowéinst de Kinnek vum Quartier wier. Déi meescht hunn allerdéngs ni richteg verstane wat en domadder soe wollt, a wann ech éierlech soll sinn, mir war dat och ze héich. Et huet och ni ee sech getraut de Lucky ze froe wat en domadder géing mengen, well hie war en zimlech aggressive Kärel. Wann him eppes oder iergendeen net gepasst huet, da gouf et direkt eng an d'Gladder! Dat war schonn an der Spillschoul esou, an et sollt net besser ginn. Mat him war also net gutt Kiischten iessen, wann e sauer war. An iergendwann koum en dann och nach op d'Iddi op den Däich an de Boxclub ze goen. Den Däich war de Véierel vis-à-Vis vum Quartier, also hannert dem schwaarze Wee. Den Trainer vum Boxclub hat dem Lucky säi Boxtalent och direkt erkannt, an en no nëmmen zwee Trainingen heemgeschéckt, mat der Bemierkung e soll sech ni méi am Club weisen. De Lucky koum Stolz wéi dem Noper säin Dackel zeréck an de

Quartier gewackelt a sot just, mat engem freche Grinsen an der Schnëss: „Si hate keen dee gutt genuch war fir mech."

4. KAPITEL
D'Kannerzäit

Mir haten a sech eng schéi Kannerzäit am Quartier. Mir waren, wa mir net grad d'Schoulbänk gedréckt hunn, ëmmer an der fräier Natur ënnerwee. Mir hunn esou vill Zäit an de Bëscher verbruecht, dass d'Kaweechelcher eis scho geduuzt hunn. Mä net nëmmen dëse léiwen Déiercher ware mir opgefall, och d'Hittepoliziste vun der ARBED haten eis am Viséier. Wa se mat hire Schéiferhënn ënnerwee waren, dann huet et geheegt sech ze verstoppen, well et war deemools verbuede sech op der Haard ronderëm ze dreiwen. A sech konnt een dat och verstoen, well et war net ganz ongeféierlech, op ville Plaze ware Lächer an déi ee fale konnt, an da wier een iergendwou an enger Minn gelant. Am Summer 1920 hat och eng Clique wéi mir op der Haard Cowboy an Indianer gespillt, wéi op eemol ee vun hinne verschwonne war. Et gouf deemools net richteg gekläert wat mat deem 10 Joer ale Jong passéiert ass. Ob en elo an eent vun deene Lächer gefall ass, oder ob e vläicht Affer vun engem Gewaltverbrieche gouf, dat sollt vill Joren e Geheimnis bleiwen. Dee ganze Quartier a seng Ëmgéigend hat souwisou heiansdo eppes Geheimnisvolles an och Mysteriéises u sech.

Egal wéi et och war, mir hunn eis wuel gefillt, an eisem Quartier. Duerch dee ville Stëbs, dee vun den Héichiewen duerch d'Loft geblose gouf, hu mir zwar owes ëmmer erausgesinn, wéi wa mir an de Brickette gespillt hätten, ma dat war eis awer egal. Meng Mamm sot ëmmer: „Ma da gëss de elo nees gutt geschruppt, an da schléifs de och besser!"

Schwaarz wéi en Houseker ware mir och, wa mer owes spéit de Koks sammele gaange sinn. Nieft eisem Haus war nämlech eng laang Mauer déi de Quartier vum ARBED-

Terrain getrennt huet. Hannert dëser Mauer ass den Zuch mat Waggone voller Koks hin an hier getuckert, an huet dacks där schwaarz Bällercher verluer, déi dann de Wee op eis Säit vun der Mauer fonnt hunn. Eis Clique war ëmmer déi éischt Kavallerie, déi sech do op d'Sich no deem schwaarze Gold gemaach huet. De Gros vum Koks hu mir natierlech fir eis gehalen, mä mir hunn och vill dovunner verdeelt. Am léifsten hu mir eise Koks mat deenen neien Immigrante gedeelt, déi an de Schäpp gewunnt hunn.

D'Schäpp waren an de Gäert vun engem Haus dat ganz zum Schluss vun der sougenannter „Cappellaris-Gässel" war. Hannert dësem Haus waren e puer Niveaue mat Gäert, wann een dat esou ausdrécke kann. Op dësen Niveaue stounge am Ganzen dräi kleng Schäpp, an deenen all Kéier zwee Immigrante gehaust hunn. Dës Jongen, déi aus Italien koume fir hei ze schaffen, hunn do net onbedéngt am Luxus gewunnt. An all Schapp gouf et en zweestäckegt Bett an en alen Uewen, net méi an net manner. Fir sech ze wäsche goung et an de Keller vum Haus, deen awer ganz passabel ausginn huet. Nieft dem Wäschraum war och eng Kichen, wou dës „Kaschtgänger" dräimol am Dag eppes z'iesse kruten. D'Kaschtfra, dat war d'Madame Maria, déi éischter wéi eng Mamm mat hire Jonge war. D'Madame Maria wousst genee, wéi hir Jonge sech an engem frieme Land gefillt hunn, well si selwer war jo och a jonke Jore mat hirem Mann aus Italien op Lëtzebuerg komm, an huet misse ganz bei Null ufänken.

Hir Jongen, wéi si se ëmmer genannt huet, waren ëmmer frou wa mir bei hinnen opgetaucht sinn, egal ob mir Koks fir hir Iewen derbäi haten, oder ob mir einfach nëmme wollten „Ciao" soen.

Andeems, dass mir Bouwe vill Zäit bei de Jonge verbruecht hunn, hu si ganz séier Lëtzebuergesch geléiert, a mir konnte vun der Situatioun profitéiere fir italienesch ze léieren. De Rekord am Lëtzebuergesch léieren, haten ouni Zweiwel d'Stamera-Bridder opgestallt. No nëmme sechs Méint konnten de Paolo an de Luigi fléissend Lëtzebuergesch schwätzen. D'Stamera-Bridder, esou wéi de Pino Morelli an den Toto Ruggiero waren eis bescht Frënn ënnert de Jongen. Mat hinne Véier hate mir ëmmer vill Spaass, vläicht och doduercher, dass si eis ni wéi Kanner, a mir si ni wéi Immigrante behandelt hunn. Mir waren einfach nëmme Frënn, déi sech super verstanen hunn, vill Spaass mateneen haten, an de Rescht war eis am Fong geholl egal. Am Schéinste waren ëmmer déi Owender wa mir „Scopa" gespillt hunn. Dëst italienescht Kaartespill hate mir Véier séier intus, an eisen Aki hätt kéinten e Championnat gewannen, wann et esou ee gi wier. Géint eise klenge Japs hat keen een Italiener eng Chance, a mir scho guer net.

Heiansdo krute mir och ganz léiwe Besuch an de Schäpp, an zwar vum Isabella, der Madame Maria hirer wonnerschéiner Duechter. Wann hatt mat senge schéine laange schwaarz gekrauselten Hoer, senge schéine volle Lëpsen, sengen däischtere Guckelcher, sengem stramme Pupes a senge grousse, stramme Bräscht duerch d'Dier koum, da sinn eis Häerzer geschmolt, wéi e Schockelaskleeschen am Summer. Virun allem mir Bouwe ware bis iwwert d'Oueren an d'Isabella verléift, a mir hunn och keng Geleeënheet verpasst fir et ze drágéieren. Virun allem den Joe hat Häerzklappe wann et op Besuch koum, an och d'Päiperleke si wéi wëll duerch säi Mo geflattert. Hie war et dann och ëmmer, deen duerch puren Zoufall ... also wuel gemierkt, duerch puren Zoufall, grad dee Moment bei der Cappellaris-Gässel getrëppelt koum, wann d'Isabella um Wee fir Heem war. Dass den Joe him huet däerfen d' Akaafstute bis Heem droen, ech mengen dat war deemools all Kéier en Highlight a sengem jonke Liewen.

D'Isabella war, grad wéi seng Mamma, eng exzellent Kächin. Wann et dann op Besuch koum, hat et och ëmmer eppes Leckeres derbäi, meeschtens eng gutt Pasta. Am Summer hu mir eis dann ëmmer mat deem eng oder anerem Barbecue revanchéiert, an duerno gouf ëmmer mat der ganzer Noperschaft bis an déi fréi Moiesstonne gefeiert. Wéi scho gesot, et war deemools eng wonnerschéin Zäit, a gleeft mir eent, ech vermësse se dacks.

5. KAPITEL
Deen zweete Weltkrich

Dës schéin Zäit an eisem Quartier gouf leider duerch den zweete Weltkrich ënnerbrach. D'Preisen haten eis deemools och zu Diddeleng d'Liewe schwéier gemaach. An awer ware mir Bouwe frou, dass mir net hu missen an dee blöde Krich zéien. Dat alles wier nach eenegermoosse gutt laanscht eis gaangen, wann do net de Gauleiter Gustav Simon gewiescht wier. Den 30. August 1942 huet hien d'Weerpflicht fir d'Lëtzebuerger ugekënnegt. Fir d'éischt huet et geheescht, dass just d'Joergäng 1920 bis 1924 betraff wieren, mä méi spéit gouf et op d'Joergäng 1925 bis 1927 erweidert. Mir Véier waren also net betraff, an awer hu mir de ganze Krich iwwer geziddert, dass mir net awer eng Kéier misste mat de Preisen un d'Front goen, fir do géint Leit ze kämpfen, déi a sech eis Frënn waren. Well den Ennemie war jo nu mol de Preis!

Enges Daags huet et owes spéit un eiser Dier geklappt an et stounge véier preisesch Zaldote mat hirem Offizéier an der Däischtert. Si haten e schrëftlechen Uerder mäi Papp matzehuelen, an dat obwuel hien net zu de Joergäng gehéiert huet, déi zwangsrekrutéiert goufen. Säi Päsch war et, dass e kuerz virum Ausbroch vum zweete Weltkrich déi lëtzebuergesch Nationalitéit krut, hu mir deemools nach ganz naiv geduecht. Mä a sech war de Grond ee ganz aneren, dat sollte mir eréischt eng gutt Zäitche méi spéit gewuer ginn. Ze spéit, well mäi Papp sollt dëse schäiss Krich net iwwerliewen. Schonn zwee Méint nodeems en agezu gouf, krute mir vun esou engem topeschen Nazi offiziell matgedeelt, dass mäi Papp gefall wier, mä e konnt eis mol net soe wou a wéini! „Fürs Vaterland" war dat Eenzegt wat dat Aarschlach nach sot, ech hätt e kéinte vreckt schloen, deen Drecksak.

Den Doud vu mengem Papp hat eis ganz béis getraff, hie war einfach dee beschte Papp deen ee sech virstelle kann, an e war gläichzäiteg och e gudde Fränd. Mat him konnt een einfach iwwer alles schwätzen, an och vill Geheimnisser deelen. Meng Mamm ass deemools bal ënnergaangen. Si ass wochelaang net virun eng Dier gaangen, louch de ganzen Dag am Bett an huet kee Wuert geschwat. Meng Suerge waren deemno grouss an ech wousst dacks net wéi ech mech verhale sollt. Grouss Hëllef krut ech vum Joe sengen Elteren, déi ëmmer Zäit fir mech haten. Bei hinne konnt ech mäin Häerz ausschëdden, a si hu mir méi wéi ee Rot ginn, wéi ech mat menger Mamm an där batterer Zäit sollt ëmgoen, a wéi ech hir virun allem hëllefe kéint.

No bal zwee Méint hat meng Mamm dann d'Kéier endlech kritt. Si ass op eemol matten am Dag opgestanen, huet sech ugedoen a war fir de Rescht vum Dag verschwonnen. Wéi se spéit owes heemkoum war si nees ganz déi Al, si huet allerdéngs ni iwwert den Doud vu mengem Papp geschwat, iergendwéi hat se d'Situatioun deen Dag einfach akzeptéiert wéi se war.

E puer Deeg méi spéit hat si mir da gezielt wou se war. Nodeems se an d'Badeanstalt vum Gemengenhaus war a sech do entspaant a frësch gemaach hat, goung se op d'Sich no enger Aarbecht. Soss war mäi Papp jo eleng dofir responsabel, dass dräimol am Dag eng Moolzecht um Dësch stoung. Wéi d'Preisen hie matgeholl haten, hat meng Mam ugefaangen als Néiesch ze schaffen, allerdéngs op eege Faucht, wat net onbedéngt lukrativ war. Doweinst huet se sech geduecht et wier besser sech en Job ze sichen, deen hir iergendwéi eng Sécherheet géing bidden. A well meng Mamm eng ganz clever Fra war, koum hir och direkt déi bescht Iddi an de Kapp, déi se jeemools hat. Déi ideal Léisung an hirer Situatioun waren d'Azzeri-Schwësteren, déi am Ufank vum Quartier gewunnt hunn. Dat heescht direkt hannert der Bréck, déi Tattebierg mam Quartier trennt. Hei konnt meng Mamm déi berühmten zwou Mécke mat engem Coup geroden. D'Azzeri-Schwësteren haten nämlech déi zwee Beruffer an deene meng Mamm doheem war, d'Elisa war Hiewan an d'Anna war Schneiderin. Duerch hire Beruff als Infirmière hat meng Mamm am Krich och als Hiewan eng gewëssen Experienz kritt, a si war vu Jonktem un eng talentéiert Schneiderin. D'Azzeri-Schwësteren haten hir d'Méiglechkeet gebueden, hiren ale Beruff an hiren Hobby kënne gläichzäiteg auszeüben.

Deen eenzege Problem dee meng Mamm mat der ganzer Situatioun hat, war de Liewesrythmus vun de Schwësteren, well déi haten et fauschtdéck hannert den Oueren. Dass se all owes bis spéit an d'Nuecht ënnerwee waren an hiren Alkoholkonsum zimlech grouss war, domadder hat meng Mam mol kee Problem. Mä si haten en aktiivt Sexliewen! Wien net bis Dräi um Bam war gouf vernascht, wéi mir Bouwen deemools ëmmer vun hinne gesot hunn.

Meng Mamm war jo eng ganz reliéis Fra, déi regelméisseg an d'Mass an och an d'Beicht gaangen ass. Méi wéi eng Kéier hunn ech se derbäi erwëscht wéi se dem Paschtouer opgelauert huet, deen an de Quartier koum, fir do seng Mass ze preparéieren. Eng Kapell gouf et jo och am Quartier, oder besser gesot, et war en Zëmmer an engem Appartementshaus an der Géigend vum Paesi d'amore, an deem e klengen Altor an e puer Still stoungen.

Meeschtens war et awer esou, dass de Paschtouer nëmmen eemol an der Woch, an natierlech och sonndes moies, an dëser Kapell war. Wéi et hir nom Doud vu mengem Papp schlecht goung ass si da bal all Dag an den Zentrum gepilgert fir do entweder Trouscht bei engem Geeschtlechen ze fannen oder fir einfach nëmmen an der Porkierch ze sëtzen an iwwert hir Suergen nozedenken.

Wéi se dann ugefaangen huet bei den Azzeri-Schwësteren ze schaffen ass se och op mannst eemol an der Woch an d'Beicht gaangen, an dat obwuel si selwer ni och nëmmen eng eenzeg Sënn an hirem Liewe gemaach huet. Si war awer der Meenung, dass duerch hir Beicht och d'Séile vun den Azzeri-Schwësteren géinge gerengegt ginn.

D'Azzeri-Schwëstern haten awer och een immense Courage, dat muss een hinne loossen. Wa se Nuets op der Strumm waren, a kee wäit a breet war, si se duerch d'Stroosse geschlach an hu regelméisseg deen een oder aneren Nazi-Fändel geklaut. Ech mengen ech brauch net ze betoune wat geschitt wier, wann d'Preisen se erwëscht hätten.

„Dee Stoff ass exzellent, an nom Krich ginn dat gutt Hiemer, wa mir Hakekräiz erausschnëppelen an nëmmen de roude Stoff verwäerten", sot d 'Anna enges owes zu mir, wéi et de Kenki ferm gebéit, an de Fändel hannert sech nogeschleeft huet, wéi et grad um Wee fir an de Bunker war.

De Bunker war eng Stopp fir eis Kanner a gläichzäiteg hat en am Krich d'Roll vum sougenannte „Luftschutzkeller". An dësem Bunker, deen direkt no der Bréck tëscht dem Quartier an dem Tattebierg war, haten d'Azzeri-Schwësteren eng Hellewull Saache verstoppt déi se geklaut, respektiv um Schwaarzmaart kaf haten. Nieft den Nazi-Fändele louchen do och Iesswueren, Zigaretten, Falschiermer a weess der Däiwel wat net nach alles.

Enges Daags sot ech zu hinnen: „Ech menge bei iech Zwee piipst et, dat alles läit hei jo souzesoen an „Der Höhle des Löwen". Hei komme regelméisseg Preisen eran, wann déi dat fannen, da wëll ech net an ärer Haut stiechen."

„Weess de Bob", huet d'Anna gemengt, „ebe well et an der Hiel vum Léif ass fält et net op. Deen ee Preis mengt et wieren deem anere Preis seng Saachen, wa se et iergendeng Kéier fannen. A well kee Problemer mat deem anere wëll kréien, halen se alleguerten hir preisesch Schnësser zou, a mir si fein eraus … déi Aarschlächer sinn dach domm wéi Bounestréi!"

An domadder war alles zu deem Thema gesot. Mä eis waren d'Schwësteren net egal! Si waren zwou Häerzensgutt Louderen, an hire Liewensstil konnt eis jo egal sinn. Dovunner ofgesinn ass et eis jo och näischt ugaangen. Op jiddwerfalls hu mir eis och ëmmer Suergen ëm d'Elisa an d'Anna gemaach. Mä, d'Gléck an och vill Chance waren ëmmer op hirer Säit, an esou hu si de Krich dann och ouni Schréips iwwerlieft, grad wéi meng Mamm an ech, an och meng Frënn an hir Famillen.

Den 8. Mee 1945 war deen ellene Krich fir eis Europäer dann endlech op en Enn gaangen. Eng gutt Woch virdrun, den 30. Abrëll vir genee ze sinn, hat den Adolf Hitler sengem schäiss Liewe selwer en Enn gemaach, a seng Klont Eva Braun direkt mat.

Deen Dag stounge mir virun engem Neiufank. Endlech war Fridden a mir konnten eis Gedanken iwwer d'Zukunft maachen. D'Azzeri-Schwëstern waren déi éischt, déi Neel mat Käpp gemaach hunn. Kuerz viru Chrëschtdag '45 hate si eng Kleederbuttek mat engem Schneider-Atelier am Zentrum, direkt vis-à-vis vun der Kierch opgemaach. Den Atelier am Quartier hate si bäibehalen, do war meng Mamm dann déi nei Chefin, respektiv d'Gerante. Ech menge kee war esou glécklech doriwwer wéi ech selwer. Dass meng Mamm elo endlech hir Rou fonnt hat, a mat engem gudden Job belount gouf, dat war schonn eng super Saach fir mech, an natierlech och fir si selwer. Meng Mimmche war eng gutt Maus, a si hat et sech no all deene schreckleche Joren och verdéngt. Mä, meeschtens kënnt et anescht wéi ee mengt.

6. KAPITEL
Den Heng

D'Azzeri-Schwësteren haten déi offiziell Ouverture vun hirer Boutique eréischt freides, de 4. Januar 1946 gefeiert. D'Elisa hat eis scho fir Niklosdag zu dësem Event ageluede a sot: „Mir wëllen eng kleng Feier maachen, déi gläichzäiteg eisen Neiufank markéiere soll. Dowéinst feiere mir dat eréischt am neie Joer, well dëst Joer war nach Krich, an deemno kee gutt Joer fir en Neiufank ze feieren."

Fir d'Porte-Ouverte waren natierlech all déi dichteg Leit vun Diddeleng versammelt, dorënner och de Buergermeeschter Julien Schaffner an eise Kommissär Henri Schossler, dee mir als gutt Italo-Lëtzebuerger natierlech „Heng" genannt hunn.

Den Heng an de Julien waren e Kapp an en Aarsch mateneen, an ech war kee grousse Fan vun hinnen Zwee. Schonn als jonke Kärel hat ech spatz, dass eppes mat hinnen Zwee net ganz koscher wier. Virun allem den Heng war mir zanter jeehier extrem onsympathesch.

Dës Antipathie sollt dann nach weider zouhuele wéi ech kuerz no mengem Papp sengem Doud gemierkt hunn, dass den Heng ronderëm meng Mamm scharwenzelt ass.

Dem Aki war et och ganz séier opgefall: „Wann deng Mamm sech awer mat deem doten aléist ... ma da gutt Nuecht!"

„Wéi mengs de dat Aki?"

„Ma, dat do ass dach e Krätzbock, an ech trauen em net. Ech hunn héieren, dass e gäre mat de Preise sympathiséiert. Dowéinst gëtt en och gären hannert sengem Réck als „Giele Männchen" bezeechent."

„Giele Männchen?"

„Jo, so nennt een eben déi Drecksäck, déi mat de Preisen eng Zopp kachen."

„Eng Zopp kachen?"

„Mäi Gott Bob! Sëtzt de Haut op der Leitung? Dat war eng Metapher! Ech mengen domadder, dass e sech ze vill gutt mat de Preise versteet!"

„Ma, da so dat direkt du Päifekapp!"

„Sot ech dach direkt, pfff …."

Bon egal, op jiddwerfalls war ech net begeeschtert dovunner, dass en hannert menger Mamm hier war. An enges Daags sollt meng Mamm dann déi berühmte Kaz aus dem Sack loossen. Et war um Datum vum 16. September 1944, dat weess ech nach esou genee, well deen Dag déi grouss Diddelenger Fräiheetsfeier war. Beim feierlechen „Te Deum" a beim Cortège, dee bis op de Kierfecht gaangen ass, hat all Diddelenger participéiert. Kee war Doheem bliwwen, alles war ënnerwee, vum Bëbee bis bei d'Urgroussmamm. Jidderee war frou, dass d'Diddeleng fräi vun de Preise war. Déi Eenzeg, déi vun deem Dag un net méi fräi war, war meng Mamm. Si sot eis op deem Datum, dass den Heng a si sech den Owend virdru verloobt hätten.

Fir mech ass deen Dag eng Welt ënnergaangen, ech hätt ni geduecht, dass meng Mamm sech wierklech mat deem Aarsch géing aloossen. Dovunner ofgesi war ech ëmmer der Meenung, dass meng Mam ni méi an hirem Liewe géing iergendeen anere Mann u sech eruloossen, also sech an een aner Mann verléiwen, fir et op de Punkt ze bréngen. Meng Mimmche war, wéi scho gesot, eng ganz reliéis Fra, an eleng dowéinst war d'Virstellung, dass si een anere Mann géing hunn, ondenkbar.

An dann deen Idiot vu Schossler, ech hätt e kéinten op der Plaz ermuerksen. Vun deem Dag u konnt ech en iwwerhaapt net méi gesinn. De Bock hat en endgülteg geschoss, wéi e mir fir Chrëschtdag 100 Frang geschenkt hat, wat deemools vill Sue waren. Mat deene Sue wollt e mech dach kafen, dat war kloer fir mech an och fir meng Frënn.

Meng Mamm hat gemierkt, dass ech iwwert dem Heng säi Kaddo net ganz begeeschtert war a sot zu mir: „Hie mengt et dach nëmme gutt. Et ass en häerzensgudde Mann, an ech géing mech freeë wann s de dech gutt géifs mat him verstoen."

„OK Mamm, ech maache mäi Bescht", war meng kuerz Äntwert.

Meng Antipathie géint deen Trëllert sollt nach zouhuelen, wéi meng Mamm den Dag no der Ouverture vun der „Boutique Azzeri" mat engem bloe Guckelchen duerch d'Géigend gelaf ass.

„Wat ass da mat dir passéiert?", wollt ech wëssen.

„Ma ech si gefall!"

„Gefall? A riicht op d'A?!"

„Jo, ech si ganz komesch gefall. Mä, et ass nëmmen hallef esou schlëmm wéi et ausgesäit."

Nëmmen hallef esou schlëmm war gutt gesot. Virun allem dowéinst, well meng Mamm an deenen nächste Wochen zimlech dacks e blot Guckelchen hat.

„Dat ass dee giele Männchen, deen zerschléit deng Mamm, Bob."

„Ech weess Aki! Mä, ech hu kee Beweis. Awer gleef mir eent, wann ech en eng Kéier derbäi erwëschen, da schloen ech e vreckt, deen Drecksak!"

„An ech hëllefen der derbäi!"

Genee een Dag no dësem Gespréich mam Aki hunn ech meng Mamm bei eis Doheem um Kichebuedem fonnt, si war an engem ganz schlechten Zoustand. Dat ganzt Gesiicht war geschwollen a voller Platzwonnen. D'Blutt ass hir awer net nëmmen duerch d'Gesiicht, mä och d'Been erofgelaf. Deen Drecksak hat meng Mamm net nëmme ferm zerschloen, mä och nach vergewaltegt.

„Et deet mir leed Bob", huet meng Mamm gewéimert! „Ech hu geduecht hie wier e ganz gudde Mann, mä do hunn ech mech wuel geiert."

„Lee däi Kapp a Rou Mamm, deen deet dir ni méi eppes!"

Et hat keng fënnef Minutte gedauert bis ech d'Clique zesummegetrommelt, a mir eis op d'Sich nom Heng gemaach haten. Dee Sauhond war awer néierens opzedreiwen. Mir waren déi Nuecht a ganz Diddeleng ënnerwee fir en ze fannen. Et war déi éischte Kéier a mengem Liewen, dass ech de Wee bis op Butschebuerg an och op Biereng fonnt hat. Bis dohinner war ech ëmmer nëmmen am Quartier an am Schmelzer Véierel ënnerwee, an natierlech och am Zentrum, dat vun eis Diddelenger einfach nëmmen „Duerf" genannt gëtt. Mir haten den

„Tour de Dudelange" esouguer zweemol an där Nuecht gemaach, fir d'éischt ze Fouss an duerno nach eng Kéier mam Tram. Och dat war eng Première fir mech, bis well war ech nëmme mam Tram vum Tattebierg aus op d'Gare am Zentrum gefuer. Déi Kéier si mir vum Tattebierg aus bis erop op Butschebuerg, duerno op Biereng a schliisslech bis an de Greisendall gefuer.

Et war eng laang an äiskal Nuecht. Dovunner ofgesinn huet et geschneit wéi eng Sau an honnerte vu Fuesboke sinn duerch Diddeleng scharwenzelt. Et war déi éischt Fuesent nom Krich, an déi gouf anstänneg gefeiert.

„Wéi solle mir deen Drecksak ënnert all deene Leit an de Caféen an op de Stroosse fannen? Vläicht ass deen Idiot jo och verkleet?!"

De Lucky hat Recht, a well et scho véier Auer moies fréi war, hate mir decidéiert eis e puer gutt Mëtsche beim Bäcker Müller am Quartier z'organiséieren, ier mer eis op den Heemwee géinge maachen. Ëm déi Zäit hu mir awer missen ze Fouss an de Quartier wackelen, a mir haten och schonn eng am Kenki, well mir ënnerwee e puer Drëppe gezwitschert hate fir eis ze wiermen.

Nuets duerch de schwaarze Wee ze wackele war och net onbedéngt eng fei Saach. Dovunner ofgesinn, dass et däischter wéi am Bauch vun engem Wal war, huet et och nach geméffelt, dat wéinst dem Killwaasser vun den Héichiewen dat duerch déi Diddelenger Bach gelaf ass, déi direkt nieft dem „Schwaarze Wee" war. Tëscht dem Damp vum waarme Waasser an der Bach sinn dann och nach sëlleche Raten hin an hier gebëselt. Mir waren eis deemools sécher, dass d'Raten eis ausgelaacht, an iwwert eis gesot hunn: „Kuckt iech déi véier Dëlpessen un, elo hu se eng ferm an der Schäiss a maachen zousätzlech nach e Fläppchen an d'Béxelche well se eis fäerten".

Op jiddwerfalls war et ëmmer bëssen onheemlech Nuets duerch de Schwaarze Wee ze goen, a mir ware frou wa mir bis d'Bréck erreecht haten, déi eis iwwert d'Schinnen an de Quartier bruecht huet. Zum Schluss vun dëser Bréck ass lénks eng Trap erofgaangen, déi am Wee bis op d'Gare-Usine verlaf ass. Dertëscht loung den hënneschten Deel vun der Bäckerei Muller. An engem klengen Haff huet de Bäckermeeschter moies fréi seng Bréidercher, Mëtschen & Co. ofkille gelooss, wann d'Wieder et erlaabt huet.

Dat war dann dacks d'Geleeënheet eis e bësse Proviant z'organiséieren. An all deene Jore si mir ni vum Bäckermeeschter oder vun engem vu senge Gesellen erwëscht ginn. Vläicht huet de gudde Mann eis jo och gesinn, et gutt gemengt an näischt gesot? Keng Ahnung. Mä en ass och bestëmmt net dovunner gestuerwen, wa mir him eemol am Mount véier Mëtsche gemopst hunn.

An dëser Nuecht sollte mir awer net bis bei d'Bäckerei an zu eise Mëtsche kommen, well no de Raten an der Diddelenger Bach hu mir nach eng déck Rat op de Schinne virun der Gare gesinn, an dat war keng aner wéi de Schosslesch Heng!

D'Mëtsche waren eis dee Moment ganz egal. Wéi véier Blëtzer si mir d'Trapen erofgezischt a konnten net séier genuch bei deen dreckege Kläpper a Vergewalteger kommen, fir en zu Rieds ze stellen an em der pur gudder op d'Baken ze ginn.

Mä ier mir och nëmmen e Piipcheswuert soe konnten hat hien eis schonn erbléckst. En huet esou gelallt, dass mir hien deen éischte Moment net verstoe konnten. Nodeems e ferm op d'Sabbel gaangen, an nees op sengen zwee Bee stoung, konnte mir dann endlech verstoe wat e gelallt huet.

„Do si se jo déi véier kleng Aarschlächer aus dem Quartier ... déi zwee schäiss Biren, dee giele Räisfrësser an de Monsieur Bob! Oh jo de Monsieur Bob, de feine Monsieur Bob! En ass esou fein, en huet et mol net appreciéiert, dass ech em fir Chrëschtdag 100 Frang geschenkt hunn ... déi domm Sau! Géi futti, du an deng Al! Mä deem hunn ech et haut och gutt ginn ... déi italienesch Houer! Dat wollt d'Been net ausernee maachen, well mir net bestuet sinn, kanns de der dat mol virstellen?! ... Mä net mat mir! Ech hunn em gewise wien den Här am Haus ass! E puer gudder an d'Gladder krut et der, an do hunn ech em gewise wat e Mann ass ... ech hunn et gutt duergefëckt, dat Schwäin!"

Duerno ass alles ruckzuck gaangen. Ech weess, dass ech riicht op en duergelaf sinn an e kille wollt, mä den Aki an den Joe hu mech ugehalen. Iwwerdeems ech gestruewelt hu fir lass ze kommen, ass de Lucky wéi e Feil laanscht eis geschoss an op eemol loung den Heng op de Schinnen an et war mucksmäuschenstill!

Mir Véier stounge virun him an hu gesi wéi d'Schlacken tëscht de Schinne vu sengem Blutt rout gefierft goufen. De Lucky hat em eng gemoult, dass en hannerzeg, a voll mat der Kalbass op d'Schinne gefall war.

„An elo?" war dat Eenzegt wat ech dee Moment iwwert meng Lëpse krut.

„Macht iech keng Suerge Jongen, ech maachen déi Sauerei fir iech ewech", hu mir eng däischter Stëmm aus grad esou engem däischteren Eck vun der Gare héiere soen.

Wéi dës Stëmm lues a lues eng Silhouette an duerno och e richtegt Gesiicht krut, konnte mir de Jean-Piere Ney erkennen. De Pier, wéi hie vu jidderengem genannt gouf, stoung bei der Gare eng ze dämpen, wéi mir den Heng ongewollt gekilled haten. Dat schlëmmst derbäi war awer, dass de Pier och e Flic war, an zwar deen zweete Mann bei der Diddelenger Police … tjo, a vun deem Moment un dann deen éischte Mann."

„An elo?" war nees eng Kéier dat Eenzegt wat ech soe konnt.

„Ech weess wat deen Drecksak mat denger Mamm gemaach huet, an ech weess och nach ganz aner Saachen iwwert hien. Ëm dee Giele Männchen ass et net schued, deem kräischt keen eng Tréin no. Dee si mir gutt lass! Bon wéi gesot, ech hëllefen iech déi Sauerei wäsch ze maachen. Bob, laf séier Heem a ruff op de Policebüro un. Den Néckel huet Déngscht. So him et géif en Humpen hei op der Gare ginn, an e soll sech begannen."

„Wéien Humpe?" wollt de Lucky wëssen.

„Deen do flitt elo op der Schmelz an en Humpen, do bleift mol keng Grimmel méi iwwreg. Dee verbrennt méi séier wéis de kucke kanns. Mä dat soll net äre Problem sinn. Leet är Käpp a Rou, gitt Heem, schlooft eng Ronn a Muer gesi mir eis op mengem Büro. Da kläre mir dat hei. Op jiddwerfalls däerft dir kenger Séil och nëmmen e Piipcheswuert heivunner erzielen! Ass dat kloer?"

„Kloer", koum et vun eis alle Véier wéi aus der Flënt geschoss.

7. KAPITEL
Um Policebüro

Deen aneren Dag souze mir um 11 Auer beim Pier um Policebüro. Mir hunn erausgesinn, wéi wa mir grad aus Sibirien heemkomm wieren. Wäiss an de Gesiichter wéi Läindicher, an d'Käpp esou déck wéi Seibecken.

„Also Jongen eent soen ech iech, loosst déi läscht Drëpp stoen, well déi ass ëmmer Schold um décke Kapp den Dag drop!"

Jo jo, e konnt scho witzeg sinn, de Pier. Mä deen Dag hätt ech em no sengem Sproch kéinten eng riicht an d'Maul schloen ... wann ech net esou schrecklech Kapp wéi gehat hätt.

„Wéi, déi lescht Drëpp stoe loossen? Dat geet dach guer net, oder?"

Den Aki war zwar e feine Kärel, mä heiansdo souz e ferm op der Leitung.

„Aki, maach dir keng Suergen iwwert déi lescht Drëpp, déi loosse mir déi nächst Kéier einfach op der Säit, OK?"

„OK!"

„A propos op der Säit! Den Heng ass d'Luucht ausgaangen, vun deem fënnt ee mol keen eenzegt Hoer méi erëm. Do braucht dir iech also keng Suerge méi ze maachen."

„Aha, mir brauchen eis also keng Suerge méi ze maachen", huet de Lucky ganz nodenklech gemengt. „Sorry, mä ech maache mir awer Suergen, well dir hutt eis jo bestëmmt net einfach nëmmen esou gehollef, deen Drecksak verschwannen ze loossen. Dir wëllt dach bestëmmt eng Géigeleeschtung dofir, oder?"

„Eng Géigeleeschtung kann een dat net onbedéngt nennen."

„Wat sot ech iech Jongen? Elo kréie mir d'Quittung fir dee Mord!"

„Nee Lucky, bleift mol ganz labber. Et ass einfach nëmmen dat heiten. Nodeems d'Preisen d'Kasäre bei der Lëtzebuerger Strooss verlooss hunn, sinn elo amerikanesch GI's do dran, an déi brénge mir eemol an der Woch e puer Klengegkeete vu Bitburg mat erof."

„Déi schmuggelen Droge fir iech aus Däitschland eriwwer?"

„Drogen ass en haart Wuert Bob ... also ... nujee ... jo, et sinn Drogen. Mä wa mir dat net maachen, da stinn d'Fransouse geschwënn déisäit der Grenz an iwwerhuelen dat Geschäft. Also maache mir deen Deal mat den Amerikaner. Op déi Aart a Weis gëtt de Kuch ënnert eis opgedeelt a jiddereen ass glécklech an zefridden. Méi braucht dir Véier am Moment net ze wëssen. Also, wéi gesäit et aus? Schafft der gäre fir mech oder net?"

„Et wäert eis jo bestëmmt keng Wiel bleiwen, oder?"

„Aki, ech wëll dach keen zu enger Aarbecht zwéngen."

„Aarbecht? Also fir eng Aarbecht gëtt een normalerweis bezuelt!"

Iwwerdeems ech dee Saz sot, duecht ech mir, Schäiss elo ass et geschass. Du bass ze wäit gaange Bob! Elo gëtt et fir eis Véier e Gratis Humpen!

„Kloer gitt dir fir är Aarbecht bezuelt. Ech muss dat awer nach mat menge Partner klären. Ech ginn iech muer Bescheed, wéi vill mir iech Véier bezuelen."

Dräi Woche méi spéit gouf et déi éischt Pai, a mir koumen aus dem Staunen net méi eraus. Nach ni an eisem jonke Liewen hate mir esou vill Suen an der Täsch. An déi hate mir eis och nach relativ einfach verdéngt. Eis Aufgab war et Frëndschaft mat den Amerikaner ze schléissen an eis eemol an der Woch mat engem klenge Këfferchen vun de Kasären aus an de Quartier ze maachen, an dat ouni sech erwëschen ze loossen. Firwat deen Opwand sollt gutt sinn, doriwwer hu mir eis am Ufank guer keng Gedanke gemaach. Et war eis iergendwéi schäissegal. Haaptsaach all éischte vum Mount krute mir eng säfteg Enveloppe an de Grapp gedréckt.

Mir hu vun deem Moment u geliebt wéi d'Sai. Obwuel mir nach jonk Teenager waren, hate mir alles wat ee sech wënsche konnt. Mir waren z.B. Stammclienten an der Boutique vun den Azzeri-Schwësteren. Ballonmutzen, déi schéinste Boxen, Hiemer a Paltonge waren eis. Mat eise Ballonmutzen hu mir richteg cool ausgesinn, esou wéi jonk amerikanesch Mafiosien oder wéi de Gavroche am Victor Hugo sengem Roman „Les Misérables" vun 1862.

D'Meedercher sinn eis deemools quasi nogelaf a mir hunn et méi wéi genoss. Et gouf keng Party am Quartier oder um Tattebierg ouni eis an deene sëlleche léiwe Maisercher un eiser Säit. Op eemol sinn eis déi léif Maisercher aus dem Quartier awer net méi duergaangen, fir net ze soen, dass se eis ferm op d'Strëmp gaange sinn. Dowéinst hu mir eis geduecht et wier un der Zäit och mol eng kleng Visite am Puff ze maachen, well schliisslech hu mir jo eemol an der Woch eis Këffercher missen do ofginn, an déi Meedercher sinn engem net op, mä un de Sack gaangen, fir et mol esou auszedrécken. De Puff, dee „Paesi d'amore" geheescht huet, war d'Zentral vun allem wat am Quartier net ganz koscher war, vun den Drogen iwwert déi Prostituéiert, bis bei aner Saachen, vun deene mir zu deem Zäitpunkt nach näischt woussten.

D'Chef-Pouffiace war d'Madame Rosa, eng wonnerschéin Italienerin, déi deemools esou ëm déi 40 Joer muss gewiescht sinn. A grad esou schéi wéi si waren och hir Meedercher. Annabelle, Heidi, Jane an Arisu, dat waren d'Nimm vun de Meedercher mat deene mir eis Zäit am „Paesi d'amore" verbruecht hunn. Véier super léif Maisercher, déi a sech e bessert Liewe verdéngt gehat hätten, wéi dat wat se eben haten. Si waren zwar Klonten, mä mir hu si ni esou behandelt. D'Tatsaach, dass mir si ni hu misse bezuelen, huet natierlech och vill dozou bäigedroen, dass et tësch eis zu enke Relatioune koum. Virun allem den Aki hat sich bis iwwert d'Oueren eraus an d'Arisu verléift, wat och vläicht doduercher koum, dass et déiselwecht Nationalitéit wéi eise japanesche Frënd hat. Elo frot der iech vläicht wien da mat wiem zesummekoum? Ma ganz einfach, den Joe hat sech an déi léif Paräisser Maischen Annabelle, de Lucky sech an dat bayresch Madel Heidi an ech mech an d'Londoner Schéinheet Jane verléift.

D'Maisercher aus dem Quartier waren zwar sténksauer an hu keng Geleeënheet verpasst eis domm Remarken ze maachen, well mir jo léiwer géingen d'Houere biichte wéi si, mä dat war eis egal. Mir hunn déi domm Remarken einfach ignoréiert an am Laf vun der Zäit hat déi ganz Situatioun sech calméiert.

Et war einfach eng herrlech Zäit, et huet eis un näischt gefeelt an eis Relatioune mat de Meedercher aus dem Puff ware wéi aus dem Billerbuch. Dass se op hirer Aarbecht och hu misse mat aner Männer Sex hunn, dat war eis zwar bewosst, mä gestéiert huet et eis iergendwéi net, komesch oder? Vläicht war dat och doduercher, dass mir eis net ëm hiren, a si sech net ëm eisen Job gekëmmert hunn. Esou ähnlech war et iwwregens och mat menger Mamm. Nodeems ech an der Nuecht, wou mir den Heng gekillt hunn, heemkoum, war hir kuerz Fro: „An, hu der e fonnt?"

Meng kuerz Äntwert war: „Jo, an dee mécht dir elo kee Misär méi!"

Duerno huet meng Mamm ni méi e Wuert iwwert déi Geschicht verluer. Ech muss awer dozou soen, dass déi ganz Saach si staark markéiert hat. Fir de Rescht vun hirem Liewen, sollt si ni méi e Mann u sech eru loossen, wat mir ëmmer immens leed gedoen huet. Si war, wéi ech scho puer mol bemierkt hunn, eng häerzensgutt Fra a si hätt bestëmmt e bessert Liewe verdéngt. D'Schicksal hat et eben net ëmmer gutt mat hir gemengt. Ech hunn awer ëmmer mäi Bescht gemaach fir hir all Wonsch vun den Aen ofzeliesen, a si wousst dat och z'appreciéieren. Wann ech ee Mënsch ganz schrecklech vermëssen, dann ass et meng Mimmchen, déi beschte Mamm op der ganzer Welt.

8. KAPITEL
D'Razzia

Et war eng roueg Zäit, deemools am Quartier an a ganz Diddeleng. Mir hunn eemol an der Woch gemitterlech eise Këfferchen am „Paesi d'amore" ofginn, krute regelméisseg eis fett Enveloppen an hunn d'Liewen einfach genoss. Dass mir eis no der Schoul keng richteg Aarbecht gesicht, a quasi dee léiwe laangen Dag näischt futtéiert hunn, ausser am Puff, am Kino oder an iergendengem vun de sëlleche Caféen am Quartier ze lungeren, dat huet kee Mënsch intresséiert, och eis Elteren net. Souwuel meng Mamm, wéi d'Eltere vu menge Frënn hunn eis ni gefrot wat mir géinge dee ganzen Dag maachen, a scho guer net wou mir un déi vill Sue géinge kommen. Si hu mat vun eisen Enveloppe profitéiert an dowéinst war dat Thema en absoluten Tabu.

Déi schéin Zäit ass bis am Summer 1950 ouni Tëschefall verlaf. Duerno sollt et eis awer bal e Strapp ze séier goen. Eise Këfferchen si mir onregelméisseg an d'Kasär siche gaangen. Dat heescht mir sinn ni deeselwechten Dag an ni déiselwecht Zäit hin an hier gerannt. An awer haten se eis Véier am Viséier, an dat sollte mir enges Daags ze spiere kréien.

Wéi mir op engem Freideg Owend iwwert d'Quartiersbréck getrëppelt koumen, sot de Lucky nach: „Leck mech am Aarsch, hei zitt iergendeng komesch Atmosphär duerch d'Luucht. Hei am Quartier stëmmt eppes net, et ass ongewinnt roueg!"

Mir aner Dräi hunn eis doropshi krank gelaacht an den Joe huet gemengt: „Hey Lucky, ech menge mir ginn net méi esou dacks an de Kino. Elo ware mir gëschter den Humphrey Bogart, alias Pillipe Marlowe a „The Big Sleep" kucken, an elo bass du erwächt a richs iwwerall eng Gefor."

Fënnef Minutte méi spéit hu mir net méi gelaacht, well dem Lucky säi Gefill war net d'Resultat vun engem Bogart-Film. Wéi mir an de „Paesi d'amore" erakoumen, sinn d'Flicken aus allen Ecker vum Puff op eis gesprongen, an ier mir eis ëmsinn haten, lounge mir de laange Wee um Buedem an haten d'Handschellen un.

„Hey hey mat lues mat de Jongen, déi doe kenger Méck eppes ze leed", huet d'Rosa direkt gebierelt. „En plus sinn dat Stammclienten, an déi ginn a mengem Haus anstänneg behandelt, ass dat kloer dir Mickey Mousen?"

Dir Mickey Mousen! Obwuel mir mat de Gesichter onfräiwëlleg den Teppech hu misse këssen, konnte mir net méi vu laachen iwwert dem Rosa seng Ausso. Dir Mickey Mousen, sot dat zu de Flicken, ech kéint mech haut nach kromm laachen doriwwer.

„Ob är Stammcliente wierklech esou harmlos sinn, wéi dir sot, dat wäerte mir nach gesinn", sot op eemol eng Stëmm am Hannergrond déi mir ganz bekannt virkoum. Wéi ech mäi Kapp liicht gehuewen hat, konnt ech och erkenne wiem dës Stëmm gehéiert huet, nämlech dem Jean-Pierre Ney, alias Pier!

Ech hunn dee Moment d'Welt net méi verstanen a mir sinn eng etlech Froen duerch de Kapp gaangen. Wat war lass? Huet de Pier eis an d'Messer lafe geloos, eis esouguer ugeschass? Firwat sollt dee ganzen Theater da gutt gewiescht sinn? Ware mir just Marionetten an iergendengem Drogen-Deal?

„Här Ney da maacht eis dee Këfferchen mol op, si gespaant wat déi véier jonk Hären eis matbruecht hunn!"

„Jo Här Colonel!"

Wann ech op mengen zwee Féiss gestanen hätt, da wier mir dee Moment de Schweess am Aarsch zesummegelaf, esou war mir de Wäppche gaangen. Ech hat eis Véier scho gesinn am Gronn mat iergendwelleche kriminelle Schwuchtelen d'Dusch vum Prisong deelen. A menge Frënn sollt et dee Moment net besser goen.

Et huet bestëmmt nëmmen e puer Sekonne gedauert, bis de Pier de Këfferchen ophat, mä mir koum et wéi eng Éiwegkeet vir.

„Am Këfferchen ass knaschteg Ënnerwäsch an eng Fläsch Jack Daniels dran, Här Colonel!"

De Pier hat knapps ausgeschwat wéi d'Rosa him de Këfferchen aus dem Grapp gerappt hat a sot: „Kloer ass do Ënnerwäsch dran Du Mickey Mouse! Wat sollt soss do dra sinn?"

„Drogen, Madame Rosa, Drogen", war dat Eenzegt wat dee Colonel vun der Stater Police nach soe konnt. A sengem Toun war seng Enttäuschung iwwert dës „Kriminell Discovery" erauszehéieren.

D'Rosa war eng sensationell Schauspillerin muss ech hautdesdaags soen: „Sou dir Heinien, an elo verloosst w.e.g. mäin Etablissement, fir dass meng Meedercher hir Aarbecht maache kënnen an ech déi knaschteg US-Ënnerwäsch an d'Buonderie droe kann, fir dass eis amerikanesch Frënn muer nees e proppere Kalzong um Aarsch hunn, ier se bei meng Meedercher kommen".

Deen eenzege Flic deen net direkt dem Rosa säin Etablissement verlooss hat, war de Pier. Dat war och gutt esou, well mir Véier haten nach well eng Fro un den Här Ney!

De Pier war awer méi séier wéi mir: „Ier der elo eppes sot wat iech méi spéit leed deet, et ass net esou wéi et ausgesäit."

„Aha, et ass net esou wéi et ausgesäit, ma dat berouegt eis mol enorm", war dem Lucky seng ironesch Äntwert dorobber.

„Jo Lucky, ech weess, ech sinn iech eng Erklärung schëlleg. Et ass esou, äre Këfferchen war ëmmer mat knaschteger Ënnerwäsch an enger Fläsch gefëllt. Dir waart ëmmer eng Oflenkung, well mir woussten, dass déi Stater Flicken eis enges Daags géingen op d'Spur kommen, respektiv géingen observéieren. Bis viru véierzéng Deeg war dat alles keen Thema."

„A firwat elo?" wollt ech wëssen.

„Seet den Numm Nicole Schaul iech eppes?"

„Jo, dat hunn ech an der Zäit ëmmer gebiicht."

„Stëmmt genee Bob. A well s de hatt op eemol net méi gebiicht hues, ass et nach well bësse sauer ginn an huet mir en Tipp ginn, dass dir Véier géint Drogen aus der Kasär bis an de Quartier transportéieren."

„Oh déi knaschteg Houer do!"

„Tjo Bob, mat jalous Fraleit, ass net gutt Kiischten iessen. A well ech grad Besuch vun de Stater Flicken um Büro hat, déi dat dann och matkruten, konnt ech déi Saach natierlech net ënnert den Dësch fale loossen. Dovunner ofgesi konnt iech jo näischt passéieren, well dir net eng eenzeg Kéier Drogen an ärem Këfferchen hat. A Wierklechkeet schmuggele mir d'Droge vu Bitburg aus an d'Land, an duerno an de Quartier. Dir waart just als Oflenkung aktiv, an dat huet jorelaang och gutt geklappt. Ech sinn iwwerzeegt, dass mir elo fir eng laang Zäitchen eis Rou hunn. A fir den Transport vum Këfferchen ass elo eng aner jonk Clique zoustänneg. Ob iech Véier waart eng aner, méi wichteg Aufgab. Et gëtt Zäit e grousse Schratt no vir ze maachen."

„Hu mir da schonn eng éischt Aufgab Pier?"

„Oh jo, déi hutt dir Aki, déi hutt dir."

9. KAPITEL
D'Ofrechnung

De Schreck vun där Razzia souz mir déif an de Schanken, an ech hat mech nom Gespréich mam Pier direkt heemgemaach. Ech wollt esou séier wéi méiglech an d'Bett an d'Schäffercher zielen. Ech mengen et waren der nach keng Dosen iwwert den Zong gespronge wéi ech schonn déif a fest geschlof an deen hallwe Rossis-Bësch ofgeseet hat. Et muss esou géint dräi Auer moies gewiescht sinn, wéi et op eemol ferm un der Dier geklappt huet. Wéi ech zu Fënster erausgeluusst hunn, stoung d'Clique an de Pier virun eiser Dier.

Deeselwechte Moment koum meng Mamm a meng Kummer gerannt an huet ganz ängschtlech gefrot: „Wat ass lass mäi Jong, ass eppes geschitt?".

„Nee Mimmchen, 't ass alles OK. D'Jonge sinn do, se wëllen nach eng ënnerhuelen. Du brauchs dir keng Suergen ze maachen. Géi nees zeréck an d'Bett a schlof nach eng Ronn."

„OK Bob. Mä, verspriech mir, dass der gutt op iech oppasst, gell du?!"

„Dat maache mir. Nuecht Mamm."

„Nuecht main Engel."

Ech hat mech séier an d'Gezei gejummt a war wéi de Blëtz erofgelaf. D'Clique war iergendwéi nervös, dat hat ech direkt bemierkt.

„Wat ass da lass Pier?"

„Mir hunn d'Knaschtketty erwëscht, deem mir déi Razzia ze verdanken hunn, an zwar zesumme mat sengem Brudder. Dee Knaschtpitti war och derbäi wéi et iech ugeschass huet. Elo ass d'Zäit komm fir en Exempel ze statuéieren."

„En Exempel statuéieren? Wat hues de mat hinne wëlles Pier?"

„Dat gesäis de esoubal mir do sinn, den Néckel hält se beim Pompelhaus fest. Den Hittepolizist, deen hënt Déngscht huet, gehéiert zu eis."

Ier ech mech ëmsinn hat ware mir och scho beim Pompelhaus ukomm, an do stounge se, den Néckel mam Nicole a sengem Brudder, de Mars.

„Sou dir zwee Drecksäck, elo ass et Zäit fir Äddi ze soen. Hutt der nach e leschte Wonsch?"

„Här Kommissär, wann ech gelift loosst eis lafen, mir wäerten eis hidden och nach nëmmen een eenzegt Wuert zu engem Polizist iwwert iech an är Frënn ze soen. Ech schwieren iech dat op alles wat mir helleg ass."

„Ze spéit du Schäissketty", war alles wat de Pier ze äntwere wousst, ier e mir eng Pistoul an de Grapp gedréckt hat.

„Wat soll ech domadder?"

„Erschéiss et!"

„Ech kann dach net einfach e Mënsch esou mir näischt, dir näischt erschéissen!"

Ech mengen ech hat nach net richteg ausgeschwat, wéi de Lucky mir d'Pistoul aus dem Grapp gehollt, riicht op d'Nicole duergaangen ass an et riicht an de Kapp geschoss huet. Mir aner stoungen do wéi ugewuess an hu kee Pieps méi erauskritt. Mä eent war eis vun deem Moment un honnertprozenteg bewosst, de Lucky war de Psychopat ënnert eis, dorunner bestoung keen Zweiwel méi. Hien hat d'Nicole ouni mat der Wimper ze zécken exekutéiert.

„Déi nächst Kugel däerfs du dann awer lass loossen, an zwar an deem Dabo do seng Bëlz eran, an dann ... wou ass deen Drecksak iwwerhaapt?"

„En huet sech duerch d'Bascht gemaach Pier! Hei, do hanne leeft en!"

„Wou?"

„Do hanne beim Schwammbaseng!"

„Séier hannendru Jongen! Wann e bis aus der Schwämm eraus ass, da gëtt et schwéier hien erëmzekréien."

Mir war et deemools wéi wann ech en Olympiarekord am Lafe géing briechen, ech war nach ni esou séier hannert engem hier wéi an där Nuecht. Mä kuerz ier mir e pëtze konnten, koum an der Héicht vum Kino Lutetia den Tram aus dem Greisendall gefuer an de Mars war direkt opgesprongen. D'Jongen, de Pier an ech haten et och nach op de leschte Stëppel gepackt, mä esoulaang mir am Tram souze konnte mir näischt ënnerhuelen. Hannen am Eck vum Waggon souz eng jonk Koppel ze knuutschen, se waren zwar esou domadder beschäftegt sech géigesäiteg unzeknabberen, dass se eis bestëmmt net bemierkt haten. Mä dofir hat d'Bomchen, déi direkt vis-à-vis vun deene jonke Leit souz alles am Viséier. Där Hex wär mat Sécherheet näischt entgaangen. Also huet et geheescht ofwaarde wat geschitt.

Den Tram ass lues Liberatiounsstrooss eropgetuckert fir dann an d'Kommerzstrooss ofzebéien. Wéi mir ënne bei d'Kierch ukoumen hat de Mars ugesat fir erauszeklammen, mä e gouf ongewollt vun enger Clique Jugendlecher gebremst, déi déck um feiere waren. Si hate sech de Mars gekrallt an e nees mat an den Tram geschleeft, fir do mat him d'Hechtercher aus der Stad ze lallen. Ech hat schonn Angscht mir missten dee ganzen Dag mam Tram duerch Diddeleng schaukelen.

D'Wiener Sängerknaben hunn déi ganz Niddeschgaass duerch hir Sangeskonscht zum Beschte ginn, an dat Gesouers ass engem ferm op de Sak gaangen. Ech mengen et gëtt näischt Schlëmmeres wéi eng Clique Panzvollisten, déi menge si kéinte sangen. Gottseidank si se do bei der Gare nees erausgeklommen, mat hinnen natierlech och de Mars. Déi Kéier awer éischter fräiwëlleg.

En hat déi zwee Féiss nach net richteg um Trottoir stoe wéi ech schonn no riets ofgebéit ass a sech a Richtung Park duerch d'Bascht gemaach huet. Mir alt nees hannendrun, well mir hate jo während eiser kuerzer Tramrees duerch Diddeleng nees genuch Energie getankt fir et mam Mars opzehuelen. Deen Eenzegen deen hannendru geschnauft huet wéi en Nilpäerd war de Pier, tjo den Alter ass eben net ëmmer eppes Schéines.

Nom Sprint laanscht de Park goung et dann an d'Parkstrooss eran an den Tempo goung bei eis alleguerten e bëssen zeréck, och beim Mars. Ech duecht nach, wa mir elo nach bëssi Power an der Reserve hunn, da kréie mir deen Hond endlech. Deeselwechte Moment hunn ech mech selwer verflucht, dass ech a mengem Liewen ni Sport gemaach hunn.
Wéi mir an der Héicht vum „Thilges Schlass" waren, ass de Mars wéi en Af iwwert d'Mauer vum Park geklommen, deen zum Schlass gehéiert huet. Eis Chance war, dass e

sech bei där Aktioun de Fouss verstaucht hat, soss wier en héchstwahrscheinlech „Ab durch die Mitte" gewiescht, wéi eis däitsch Noperen esou schéi soen.

Tjo, an do loung en dann ze jéimere mat sengem verstauchte Fouss. Iergendwéi konnt en engem och leed doen, déi Memm. Mä wéi et geheescht huet eis unzeschäissen, do wollt en awer den Held spillen, an elo sollt en d'Rechnung dofir kréien.

„Kommt mir schleefen e mat op d'Bréck vum Weier beim Schlass, hei si mir ze no bei der Strooss an et fänkt un esou lues hell ze ginn. Also begannt iech Jongen."

De Mars hat sech an Tëschenzäit iergendwéi sengem Schicksal erginn, nëmmen nach eng grouss Angscht war a sengem Bléck z'erkennen. E woussst dass seng lescht Stonn gechloen hat, an dass en deeselwechte Wee wéi seng Schwëster goe misst.

„Loosst eis et wann ech gelift esou séier wéi méiglech hannert eis bréngen", waren déi lescht Wierder déi en an dëser Welt sollt vu sech ginn.

Eng zweet Kéier an där Nuecht hat de Pier mir seng Pistoul an de Grapp gedréckt, an ouni vill z'iwwerleeën hunn ech dem Mars op de Kapp gezielt an ofgedréckt. Et war bal net ze gleewen, kuerz virdru war ech nach entsat wéi de Lucky kalbliddeg e Mënsch ëmbruecht hat, an elo war ech et, deen den déidlech Schoss lassgelooss hat.

„Wat maache mir mat de Läiche Pier?"

„Déi loosse mir leien Aki, jidderee soll gesinn, dass mat eis net ze spaassen ass."

„Mä esou kuerz no der Razzia zwou Läichen, en plus vun deenen Zwee déi eis bei der Police ugeschass hunn! Häls de dat wierklech fir eng gutt Iddi Pier?"

„Hmmm ... du hues nach well Recht Bob. OK, loosst eis en hei an den Hecke verstoppen an hoffen dass keen e fënnt, ier mir en nees ewech geholl hunn. Den Néckel ka sech déi nächst Nuecht dréms bekëmmeren. Gidd elo alleguerten Heem an är Better, a muer maacht der einfach wéi wann dat alles hei net passéiert wier. Dir musst léiere mat esou enger Situatioun ëmzegoen. Ass dat kloer?"

„Jo Pier", koum et vun eis alle Véier wéi aus der Flënt geschoss.

Gutt, da kommt de Méindeg Owend géint 10 Auer an de „Paesi d'amore", da schwätze mir iwwert är Zukunft.

10. KAPITEL
E Picknick, e Bambi an e Coiffer

Obwuel mir, oder besser gesot de Lucky an ech, an der Nuecht op e Samschdeg zwee Mënsche kalbliddeg erschoss haten, goung d'Liewe weider wéi wann ni eppes geschitt wier. Nach haut, esou vill Joren duerno, kann ech dat alles net erklären. Wéi konnte véier jonk Leit, déi a sech gutt erzu waren, esou eng Dot vollbréngen, an dat ouni e schlecht Gewëssen ze hunn!? Ech weess et wierklech net!

Egal, mir hate schonn e puer Deeg virdrun decidéiert mat eise Meederchen op Méchela picknicken ze goen, an de Lucky hat eis eng grouss Iwwerraschung versprach. Esou souze mir schonn um Punkt 8 Auer viru menger Hausdier op de Lucky a seng Maus ze waarden. A pénktlech op d'Sekonn koum op eemol e fonkelneie VW Bus ëm den Eck gefuer, a wie war de Pilot a säi Co-Pilot? Natierlech de Lucky an d'Heidi! Ech gesi se nach däitlech viru mir, se hu gegrinst wéi zwee Kichelcher um Chrëschtmaart.

„An dir Päifekäpp, ass dat eng gelongen Iwwerraschung oder net?"

„Dat kanns de awer haart soe Lucky, wow a mat alle Schikanen. Deen ass jo komplett ageriicht … e Bett, e Frigo …"

„Tjo, wa schonn, da schonn Aki."

„Mä wou kënns de un dee Bus, hues du eng Bank geknackt?"

„Nee Joe, mä de Concessionaire vu VW ass e gudde Client vum Heidi, an ech sinn neierdéngs Hobbyfotograf."

Mir woussten deen éischte Moment net ob mir doriwwer laache sollten oder net. Op wat hat de Lucky sech do nees agelooss, goung eis duerch de Kapp."

„Dajee meng Frënn, huelt dat dach net esou eescht, et lieft ee schliisslech nëmmen eng Kéier, loosst eis haut einfach nëmme Spaass hunn."

„Ech fäerte just, wann de Pier dat do spatz kritt, da kann eist Liewen op eemol bëssi méi kuerz sinn, wéi mir eis dat geduecht haten. Ech gleewe jo kaum, dass hien déi Erpressung akzeptéiert! Virun allem well s de et hannert sengem Réck gemaach hues. Oder hues de hien awer schonn doriwwer informéiert?"

„Dee brauch net alles ze wësse wat mir maachen. Dovunner ofgesi musse mir eis mol eng Kéier ganz am Eescht iwwert de Pier ënnerhalen. Ech war vun Ufank un net dovunner begeeschtert, dass en eis an der Hand huet. An vun do un, dass mir selwer zwee Mënsche gekilled hunn, ginn ech d'Gefill net lass, dass d'Schnouer sech ëmmer méi fest ëm eis Häls zitt."

„Do hues de net ganz onrecht Lucky. Ech maache mir éierlech gesot méi Suergen iwwert eis Zukunft, wéi iwwert dat wat an deene leschten Deeg geschitt ass!"

„Gesitt der, den Aki huet och kee gutt Gefill bei der Saach."

„Mir versti wat s de mengs Lucky, mä wat solle mir maachen? Dem Pier en Humpe spendéieren?"

„Dat wier déi ideal Léisung Joe."

Mir waren alleguerten esou mam Gedanke beschäftegt wéi a wéini mir dem Pier kéinte lass ginn, dass kee vun eis och nëmmen ee Piep vu sech ginn huet bis mir zu Méchela waren."

„Hei ass déi Wiss wou mir als Kanner ëmmer mat mengen Eltere picknicke waren."

„Stëmmt Joe, hei hu mir eng super Zäit verbruecht."

„Yeah Aki, gimme five!"

Nodeems déi zwee Stéifbridder, wann een esou soe kann, sech déi Fënnef ginn haten, war d'Äis nees gebrach. Wéi d'Kanner si mir aus dem Bus gesprongen a riicht op d'Sauer duergelaf. Dass mir d'Gezei nach unhate war eis schäissegal, et war Summer, mir ware jonk a mir wollte Spaass. Déi ganz Clique huet am Waasser ronderëm geturnt, deen een huet deen anere gesprutzt, gezappt a mir hu Kreesch gedoe wéi d'Waldieselen.

Eng hollännesch Famill, déi och op där Wiss picknicke wollt, hate mir esou erschreckt mat eisem Gebrëlls a Geturns, dass se mat hire Kanner um Bord vum Waasser stoungen an eis gekuckt hunn, wéi wa mir vun engem anere Planéit komm wieren. Dee klengste vun hire fënnef Kanner, e muss esou zwee Joer gehat hunn, huet op eemol gebläert wéi wann e géing geschlecht ginn. Eng Kamell vum Heidi hat déi ganz Situatioun awer gerett. Duerno war déi hollännesch Famill fir de Rescht vun deem schéine summerlechen Dag ganz relax, a mir hu vill mat hinne geschnësst a gelaacht.

Virun allem de Papp war eng intressant Perséinlechkeet, hie war Museksproff op enger Schoul zu Nijmegen. Duerch hie sinn ech déi éischte Kéier mat Musek a Beréierung komm. Hie war e grousse Swing-Fan an huet mir de ganzen Dag iwwert déi grousse Staren aus deem Museksgenre geschwat. Duke Ellington, Benny Goodman, Count Basie, Artie Shaw an d'Ella Fitzgerald ware seng Helden, an en huet mir deen een oder anere Song op senger Gittar zum Beschte ginn. Ech war esou faszinéiert dovunner, dass ech mir déi Woch duerno e fonkelneie Plackespiller a bestëmmt eng Dose Placke kaf hunn, déi ech Deeglaang erop an erofgelauschtert hunn, ech krut es einfach net genuch dovunner. Bis Chrëschtdag vun deem Joer hat ech eng Plackesammlung vu wäit iwwer honnert Exemplaren, a wann d'Jane mech net gebremst hätt, wier ech an engem Mier vu Placken ënnergaangen.

Den hollännesche Familljepapp, ech mengen en huet Werner geheescht, war iwwregens immens vum Lucky sengem Bus begeeschtert. Dat war fir hie méi intressant wéi mat enger Roulotte hannen um Auto duerch d'Landschaft ze tuckeren. Wéi e sech mat senger Fra fir eng hallef Stonn an de Bus verkroch hat fir Turnübungen ze maachen, stoung fir hie fest, dass e sech onbedéngt misst esou e VW Bus kafen.

De Werner a seng Fra waren deen Dag awer net déi Eenzeg, déi Turnübungen am Bus gemaach hunn. Andauernd war iergendeng Koppel vun eis sportlech aktiv, an dem Bus seng Amortisseure goufe schéi strapazéiert. Ech ka mech nach gutt erënnere wéi den Aki owes beim Patt sot: „Wa mir dee ganze Summer duerch all Sonndeg op Méchela fueren, dann hunn ech am Hierscht e Sixpack vum ville Buppen."

Mir haten eis esou kapott gelaacht doriwwer, dass de Lucky vum Hocker gefall ass an net méi opkoum. Et huet keng Minutt gedauert, bis all d'Client am „Café Bambi" e Laachkrämpchen hat, obwuel kee wousst firwat mir eigentlech esou gutt drop waren.

Ajo, de „Café Bambi", dat war eist neit Stammlokal. Bis kuerz virum Krich war dat nach de „Café Cappellari", duerno gouf dorausser „Café beim Luigi" a schliisslech „Café Bambi". De Wiert, also de Luigi, gouf vun de Fraleit richteg ugehimmelt, a si soten hie wier esou e schéine Mann, an en hätt Guckelcher wéi e jonkt Réi. Wéi dann iergendwann eent vun dëse Fraleit den Disney-Film „Bambi" an de Lutetia kucke war, hat de Luigi e Spëtznumm kritt, deen en ni méi sollt lass ginn. Esouguer de Café huet missen ëmgedeeft ginn.

De „Café Bambi" war awer net eisen eenzegen Treffpunkt am Quartier. Dagsiwwer hu mir eis bal all Mëtteg beim Coiffer Olivio, dee vun all Mënsch ganz kuerz Oli genannt gouf, getraff. Dëse Spëtznumm koum doduercher, wëll en éischtens eng Kierzung vu sengem Numm war, an zweetens well hien dem Schauspiller Oliver Hardy immens geglach huet. Den Oli, also besser gesot eisen Oli, war e grousse schwéiere Mann, ech géing soen esou eng 1.90 Meter grouss an 150 Kilo schwéier. Säi Bauchëmfang war net vu schlechten Elteren, an heiansdo hu mir eis gefrot wéi hien et iwwerhaapt nach un d'Käpp vu senge Cliente kënnt. En plus hat den Oli och esou e Mini-Schnauz ënnert der Nues, wéi eben den Oliver Hardy an och den Charlie Chaplin.

Iwwert den Oli gouf et och eng ganz lëschteg Geschicht, déi jorelaang a ganz Diddeleng gezielt gouf. Enges Daags koum den Oli matten an der Nuecht duerch de Schwaarze Wee getierkelt, wéi e ferm de Kenki gebéit hat. Iergendwann wollt de ville Béier awer nees aus sengem Kierper eraus, an dowéinst hat e sech matten an de Wee gestallt, säi Männi erausgeholl an et lafe gelooss. Genee dee Moment war och d'Madame Rosa ënnerwee. Wéi si den Oli gesinn huet strunselen, sot si zu him: „Hey Oli, et gesäit een däi ganze Männi."

Doropshi soll den Oli geäntwert hunn: „Ma wat hues du eng Chance Madame Rosa, ech hunn e schonn 20 Joer net méi gesinn."

Jo jo, den Oli war e lëschtege Kärel, mir krute vill mat him ze laachen, an hie war ëmmer frou wa mir bei him am Salon opgetaucht sinn, deen an Ënneritalien war, an zwar genee do, wou Jore méi spéit de Schoulhaff vun der neier Schoul entstoe sollt. Well mir Véier eis Hoer ëmmer tipptopp an der Rei wollten hunn, goufe mir dann och bal all Dag vum Oli coifféiert. Esou hat hien net nëmme Gespréich, mä och Aarbecht. Dem Oli konnt een och alles uvertrauen, a bei him konnt een och iwwer Saachen diskutéieren déi keen aneren eppes ugaange sinn. Dovunner ofgesinn hat den Oli dee beschten Espresso am ganze Quartier, wann net esouguer a ganz Diddeleng, an et hu keng Fraleit däerfen a säi Coifferssalon eran. Et war also e richteg, klasseschen Häresalon.

Esou hate mir eis och méindes mëttes no eisem Picknick zu Méchela beim Oli getraff. Owes hate mir Rendez-vous mam Pier am „Paesi d'amore", wou e mat eis wollt iwwert d'Zukunft schwätzen. En hätt grouss Pläng mat eis, sot e mir nach wéi mir eis vum „Thilges Schlass" aus op de Wee fir an de Quartier gemaach haten.

Virun dësem wichtege Rendez-vous mat eisem Chef wollte mir awer déi aktuell Situatioun diskutéieren. De Lucky hat et och direkt op de Punkt bruecht: „Ech menge mir sinn eis alle Véier eens, dass mir dem Pier musse lass ginn. Deen huet eis an der Hand an dat ass schlecht, ganz schlecht! Enges Daags geet et eis vläicht wéi de Schaul-Gesëchter, da kréie mir an iergendengem Park eng Kugel duerch de Kapp geschoss a fléien an en Humpen. Mir musse probéieren dat ganzt Geschäft mat den Drogen an de Meedercher z'iwwerhuelen. Mir mussen hei déi grouss

Cheffe ginn, a kee seet eis da méi wat mir ze maachen hunn, a scho guer net esou e schäiss Flic."

„Dat ass jo alles schéin a gutt Lucky, mä am Moment musse mir nach Gedold beweisen, well mir kennen d'Geschäft nach net gutt genuch, vir net ze soen, bal guer net."

„Do ginn ech dem Bob recht. Mir wëssen nach guer net wéi dat mat den Drogen iwwert d'Bühn geet, vu wou a vu wiem se kommen. OK d'GI's spillen do eng grouss Roll, mä méi wësse mir och net."

„Wat proposéiers de, Joe?"

„Loosst eis mol ofwaarde wat den Owend geschitt, respektiv wat de Pier eis proposéiert."

„Wat mengs du dozou Oli?", wollt de Lucky wëssen.

„Oh Jongen", huet een aus dem Oli senger déiwer Bariton-Stëmm eraushéieren, „wat soll ech iech do soen? A sech sinn ech och der Meenung, dass et Zäit gëtt dem Pier mol d'Quittung fir alles ze gi wat e bis well zum Onwee gemaach huet. Déi meescht Wierts-, a Geschäftsleit sinn net méi ganz begeeschtert vun him. Hien ass extrem iwwerhiefleche an e freet eis ëmmer méi sougenannt „Schutzgeld", an dobäi gëtt et iwwerhaapt kee Grond eis dat ze froen. Hei am Quartier ass et a sech roueg an deene Saachen. Ausser deenen übleche Kläppereien an de Caféen an och mol bei der Madame Rosa virun der Dier, ginn et keng gréisser Problemer. Schliisslech si mir hei net zu Chicago. Dowéinst sinn ech voll op ärer Säit a wann ech iech kann hëllefen, da braucht dir et just ze soen."

Domadder wousste mir also wou mir mat de Leit aus dem Quartier dru waren. Laut dem Oli stoungen déi meescht also op eiser Säit, wat eis och ganz wichteg war. Schliisslech ware mir Jongen aus dem Quartier, a mir wollten, dass et eise Leit gutt geet.

11. KAPITEL
Rendez-vous mam Chef

Um 8 Auer owes souze mir am „Paesi d'amore" an hunn op de Pier gewaart, deen iwwer eng Stonn ze spéit koum, well en déngschtlech ënnerwee war. Zu Butschebuerg hat sech eng Koppel an d'Woll kritt, an d'Fra krut e puer Schnësskichelcher vun hirem Mann. De Pier hat et och erwëscht, a wéi mir säi blot Guckelche gesinn hunn, ware mir bal futti gaange vu laachen.

„Dir hutt gutt laachen, mä dat hätt kéinten iwwel ausgoen, dee Sauhond hat e Klaames an der Hand. Leider, oder Gottseidank, war en ze domm fir seng Waff z'entsécheren."

„Dann has de jo nach eng Kéier Chance."

„Dat sees de gutt Lucky. Bon Jongen, wéi dir gesitt, wiisst d'Aarbecht mir esou lues iwwert de Kapp. Éischtens duerch máin Job als Polizist, an zweetens, well meng Leit mech am Stach geloos hunn. Déi fënnef Galli-Bridder sinn zeréck an Italien, déi mengen déi kéinten do op eege Fauscht dat grousst Geld maachen, déi Päifekäpp. Am Stiwwel wäerte se grad op si waarden, do kréie se eng Koppel waarm Oueren, an da war et dat fir si. Egal wéi et och ass, elo brauch ech nei Leit, an dir Véier sidd déi ideal Equipe fir mech. Iech kann ech honnertprozenteg vertrauen, dat hutt dir mir leschte Weekend bewisen, wéi der d'Schaul-Gesëschter liquidéiert hutt."

„Dat ass jo alles schéin a gutt Pier, mä dat gëtt dech net ganz bëlleg, mir Véier hunn eise Präis a mir sinn all Su wäert."

„Genee dat do gefält mir esou gutt un dir Lucky, du bass riicht eraus an du weess wat s de wëlls. Du wiers deen ideale Chef fir äert Team."

„Eent soen ech der mol direkt Monsieur le Commissaire, bei eis an der Clique gëtt et kee Chef, mir sinn alle Véier gläichberechtegt. Hues de dat gutt verstanen? Wann net, dann hiewe mir eis elo a ginn eiser Wee. A wie weess, vläicht maache mir et de Galli-Bridder jo no ... awer net an Italien. Du verstees wat ech mengen?"

„Du houere Lucky, du bass einfach immens. Oder besser gesot, dir sidd alle Véier immens, dofir sidd dir also perfekt fir deen Job."

„Ech warnen dech awer Pier, du bass zwar dee grousse Chef hei, mä wann s de probéiere solls eis géinteneen opzestëppelen, da maache mir kuerze Prozess mat dir. Ech hoffen, ech brauch dir dat keng zweet Kéier ze soen."

Ech weess net wie méi paff iwwert dem Aki seng Ausso war, de Pier oder mir. Esou hate mir den Aki nach ni erlieft, hie war éiweg dee méi rouege vun eis, an deen Owend hat genee hien dem Pier de Punkt op den i gesat. De Pier sot kee Piipcheswuert dozou, a wann en eng Figur an engem Comic gewiescht wier, da wär eng Spriechblos mat lauter Fragezeichen iwwert sengem Kapp opgaangen. Dovunner ofgesinn, dass mir extrem paff waren, hate mir aner Dräi awer bal e Fläppchen an d'Box gedréckt. Mä déi do Situatioun hat eis awer och gewisen, dass de Pier net dee grousse Mafiosi war, fir dee mir hie gehalen hunn. Dat koum och bestëmmt doduercher, dass en dee Moment eleng do stoung, an en op eis ugewise war. Mä mir hunn hien nach gebraucht, an dofir hu mir missen e Gang zeréckschalten. En anere Punkt fir eis nach kleng ze hale war deen, dass mir net wousste wien nach iwwert dem Pier géinge stoen. Dat war eng Saach déi mir nach hu missen erauszefannen.

„Gutt Jongen, da schéngt et jo, wéi wa mir eis eens wieren. Dir Véier sidd also een Team an deem et kee Chef gëtt an dir wësst wat der wëllt. Mä dir maacht wat ech iech soen, well soss geet et iech e Strapp ze séier! Ech hoffen och, dass ech dat do net nach eng zweet Kéier soe muss. Mengt net dir kéint mat mir spillen oder mech hannergoen. Ech war bis well ëmmer ganz korrekt mat iech, mä dat ka sech och änneren. Dat finanziellt regelen ech am Laf vun deenen nächsten Deeg."

Egal wéi taff mir eis deen Owend gewisen haten, d'Angscht souz eis awer an de Schanken, an ech hat mech gefrot, ob mir eis net awer ze wäit aus der Fënster gelucht haten. Dem Pier seng Bemierkung hat mäi Gefill a sech och nach ënnerstrach. Et huet also geheescht oppassen, an op d'Brems ze trëppelen.

„Da weisen ech iech elo mol d'Séil vun deem Ganzen hei."

D'Séil vun deem Ganzen? Mir haten eis géigesäiteg ugekuckt wéi d'Dëlpessen, an dee Moment ware mir d'Comicfigure mat de Fragezeechen an der Spriechblos. Op jiddwerfalls ware mir virwëtzeg wéi Kaweechelcher.

De Pier hat eis mat hannenaus an e klenge Raum geschleeft, an deem Toilettëpabeier, Botzmëttel an nach vill anert Geschir an Etagère gestapelt war. Wollt hien eng Botzequipe aus eis maachen oder wat, hat ech mech nach gefrot, wéi de Pier ob eemol gemengt huet ech soll wann ech gelift d'Dier gutt fest hannert mir zou maachen.

Wéi déi zou war, hat de ganze Raum op eemol ugefaange sech ze beweegen, an zwar no ënnen. Dee Raum war näischt anescht wéi e gutt getarnte Lift. Mir hunn net schlecht gestaunt, an ech si mir virkomm wéi an enger Hollywood-Produktioun. Wéi de Lift stoe bliwwen ass, an d'Dier vum selwen opgoung, hu mir just an d'Däischtert gesinn. Nodeems de Pier d'Luucht ugeknipst hat goung et dann duerch e laange Gang, un deem sengem Enn eng schwéier eisen Dier war, déi wéi duerch Geeschterhand opgoung. Esou gespenstesch wéi et och ausgesinn huet war et guer net, well keen anere wéi den Sgt. Brown stoung hannendrun duerch e Spioun ze luussen, an hat eis d'Dier opgemaach. Dëse Koloss vun engem Afro-Amerikaner hate mir an der Kasär kennegeléiert, wéi mir do eise Këfferchen déi éischte Kéier siche gaange waren.

De Raum hannert der Dier war zimlech grouss a ganz flott a gemitterlech ageriicht. Tëscht der asiatescher Deko stoungen e puer „Chaises longues" op deene Männer loungen, déi hir Opiumpäif gefëmmt hunn. Eng Opiumhiel matten am Quartier, héchstwahrscheinlech iergendwou ënnert der klenger Gässel, déi Ënner-, mat Ueweritalien verbënnt. Do wou dacks Koppele stinn ze knutschen an ze bimmelen, dorënner war eng Opiumhiel vum allerlfeinsten. A matten dran, de Colonel, dee fir déi grouss Razzia responsabel war. Sollt hien éieren dee ganz grousse Chef hei sinn, hunn ech mech direkt gefrot. Ier ech eng Äntwert fonnt hat stoung de Buergermeeschter op eemol viru mir a sot: „Ah hei ass en also den Nowuess. Ma da kommt mol eran a mat iech et gemitterlech."

Ech menge wat meng nächst Fro war brauch ech hei net ze betounen, oder? De Colonel oder de Buergermeeschter? Oder waren se allen Zwee déi grouss Cheffen, an de Pier nëmmen hire Lakai? Froen iwwer Froen, awer keng capabel Äntwert, dat war deen éischte Bilan vun dësem dach interessanten Owend.

„Also", sot de Pier mat strenger Stëmm, „hei gëtt net nëmmen Opium consoméiert, mä och verkaf. Derniéft hu mir nach eng ganz Rei aner Drogen an eiser klenger Epicerie: Marihuana, Heroin, Kokain an nach villes méi ... e klengt Schlaraffeland fir jiddereen deen de richtege Portmonni dofir huet. De Puff ass a sech nëmmen eng Tarnung, allerdéngs och eng lukrativ. "

Spéitstens do gouf eis kloer, dass mir kuerz virdu mat eisem Liewe gespillt haten. De Pier war awer dee Mafiosi fir dee mir hie gehalen hun, och wann e vläicht net dee ganz grousse Chef war. Clever war en och nach an doduercher extrem geféierlech. Et huet also geheescht oppassen, an esou dichteg Commentaire wéi déi vu virdrun, déi sollte mir eis an Zukunft am beschte spueren. Eis war dee Moment alle Véier den Aarsch Eent zu Dausend gaangen.

„An Zukunft sidd dir responsabel fir dee ganze Marché, dat heescht dir fuert regelméisseg op Tréier a Bitburg a suergt dofir dass d'Drogen de Wee an eis Hiel fannen. Wann ee probéiert iech opzehale gëtt en direkt liquidéiert. Duerno sot dir ëmmer dem Néckel Bescheed, an hie bekëmmert sech ëm de Recht, hien ass eise Cleaning-man, wéi mir dat esou schéi soen. Mä dat hutt dir souwisou scho matkritt."

De Pier hat nach net richteg dem Néckel säin Numm ausgeschwat, wéi deen op eemol ganz opgereegt duerch d'Dier geschoss koum.

„Néckel, wat ass da mat dir lass, du bass ganz bleech am Gesiicht. Ass ee gestuerwen?"

„Nee Pier, dat net, mä si hunn zwou Läichen op der Haard fonnt."

„Op der Haard? Ma domadder hu mir jo näischt ze dinn, oder?"

Vum Néckel koum dee Moment kee Piipcheswuert, en hat de Pier just wéi en treien Dackel ugekuckt, dee grad an d'Wunneng gepisst hat.

„Néckel?! Wëlls de mir éieren eppes Bestëmmtes zielen?"

„Dat war esou Pier, wéi ech d'Schaul-Gesëschter wollt an den Humpe féieren, ass de Schmitze Paul bei mech komm a sot mir, dass de Jacky spurlos verschwonne wier. Doduercher war deen Owend keen an der Géigend vun engem Humpen, deen op eiser Paielëscht steet. De Paul ass am Congé a konnt mir doduercher och net hëllefen. Hien ass eréischt vu muer un nees am Déngscht. Ech hat net vill Zäit fir nach laang mat de Läichen duerch d'Géigend ze gondelen, well et lues a lues hell gouf. Dowéinst hat ech d'Iddi se op der Haard ze verbuddelen, a se am Laf vun der Woch an den Humpen ze geheien."

„OK, maach dir kee Virworf Néckel, ech hätt et net anescht gemaach. Mä dat do ass net gutt, wa se d'Schaul-Gesëchter fannen, dann hu mir eventuell en décke Problem."

„Fir d'éischt musse mir mol sécher sinn, dass et se och wierklech sinn."

„Stëmmt Néckel. OK, Jongen, dat do ass eng Aufgab fir eis, mir maachen eis direkt op de Wee. Dir kënnt iech jo nach e lëschtegen Owend maachen. Mä eent stelle mir mol direkt kloer, dir consomméiert keng Drogen! Verstanen?"

„Verstanen!" koum et eis Véier wéi aus engem eenzege Mond geschoss.

12. KAPITEL
Zwou Läichen

Op e lëschtegen Owend hate mir alle Véier allerdéngs keng Loscht méi, well déi war eis vergaangen. Eis huet vill méi intresséiert wien déi zwou Läichen op der Haard solle sinn. Well wann et wierklech d'Schaul-Gesëscher wieren, da kéint et béis ausgoe fir eis, well schliisslech hate mir se liquidéiert. An eist Vertrauen an de Pier war jo net onbedéngt dat bescht. An den Néckel, tjo dee war éischter een, vun deem een eigentlech net wousst wat ee vun em hale soll. Et war op jiddwerfalls kee Schnëssert, e war éischter e ganz rouegen, jo introvertéierte Kärel. Ob een him traue kéint dat wousste mir also net, an dowéinst hu mir och mat him missen oppassen.

Esou eng hallef Stonn nodeems den Néckel an de Pier op d'Haard gefuer sinn, a mir eis mol e gudden Joint geneemegt haten, hu mir eis dann och op de Wee gemaach. Den Joint hätte mir besser si gelooss, well mir hu gegrinst wéi d'Kichelcher, an doduercher si mir natierlech opgefall. Et war jo net, wéi wann de Pier eis kuerz virdru gesot hätt, mir sollen d'Patte vun den Droge loossen. Mä bon … ob jiddwerfalls ware mir dee Moment net a Form fir op d'Haard ze pilgeren, an dowéinst hate mir decidéiert am „Café an der Schmelz" en Espresso ze drénken, an do ze waarde bis et géing däischter ginn a mir nees besser drop waren. Obwuel mir a sech jo awer gutt drop waren, esouguer ze vill gutt, an dat war eben de Problem.

De „Café an der Schmelz" loung kuerz virum „Stade Barozzi", a sech just e Kazesprong vum „Paesi d'Amore" ewech, mä de Wee laanscht d'Gare, dann iwwert d'Schinne bis bei de Café, ass eis virkomm wéi eng Wanderung duerch de Gran Canyon. Dës Wanderung gouf direkt e puer mol vum Aki senge Laachkrämpercher ënnerbrach, déi natierlech duerch d'Drogen ausgeléist goufen. Iergendwann loung hie bei der Gare wéi eng Deckelsmouk um Réck an huet gejaut: „Leck mech am Aarsch, et huet een d'Stäre geklaut". Deen aarmen Däiwel konnt jo och keng Stäre gesinn, well e loung direkt ënnert der Bréck um Réck. Et war iwwregens déi éischt an och déi leschte Kéier, dass eise japanesche Frënd Droge consomméiert hat.

Am „Café an der Schmelz" war et den Dag iwwer extrem roueg, d'Spiller vun der Alliance hate keen Training a bis bei de Schichtwiessel war et nach eng gutt Stonn. Duerno war de Café awer ëmmer Struppevoll, well da koumen d'Aarbechter sech den ARBED-Stëbs aus der Strass spullen.

Déi eenzeg Cliente ware véier italienesch Bopen, déi un engem ronnen Dësch hannen am Eck vum Café souzen a Scopa gespillt hunn. Ech weess net wien am meeschte vun hinne gefuddelt huet, ob jiddwerfalls hu se ëm d'Wett geflucht, natierlech op italienesch: porca miseria ... mannaggia ... vaffanculo ... faccia di culo ... stronzo ... stupido ... vai al diavolo ... et war e Genoss hinnen nozelauschteren. An all zwou Minutten huet ee vun hinnen dem Wiert gewënkt an „Ancora una bira" gebrëllt. Genee esou hunn d'Italiener zu Lëtzebuerg och hire Spëtznumm „d'Biren" kritt. De Numm „d'Biren" huet also näischt mat deem gewaltegen Déier, och nach gäre Petzi genannt, ze dinn, mä ebe mam Béier dee se sech bestallt hunn.

De Wiert, deen iwwregens Gianni geheescht huet, war och e Bier, allerdéngs huet hien éischter wéi en echte Bier, also e Petzi ausgesinn, a grad esou midd war en och. Wann d'Bopen net andauernd eng nei „Bira" bestallt hätten, da wier de Wiert bestëmmt nach op sengem Béierkrunn, op deem e sech gestäipt hat, ageschlof a mat der Gladder op de Comptoir gefall. Dës Middegkeet war awer eng gutt véierel Stonn virun 22:00 wéi ewech geblosen. Den Gianni huet op eemol ugefaangen e puer Dosen Humpe virzezapen a grad esouvill Drëppen erauszeschëdden. Wéi d'ARBED-Siren de Schichtwiessel gepaff huet, goung et op eemol ruckzuck. Den Gianni hat an enger Rekordzäit sämtlechen Humpen e schéine wäisse Colle verpasst, a wéi e bei deem leschten ukoum, koum schonn deen éischten Aarbechter vun der Mëttesschicht era fir sech d'Strass ze spullen. Esou e perfekten Timing hat ech nach ni virdrun an och net duerno gesinn.

Vun engem Moment op deen anere war d'Bud struppevoll, an natierlech war et eriwwer mat der Rou. D'Biren hunn ëm d'Wett gebierelt, d'Lëtzebuerger wollten natierlech nach méi haart jäizen an déi Handvoll Heckefransouse wollten hire Camembert natierlech och dozou bäidroen. Esou huet jidderee mat enger gudder Béier an enger klorer Drëpp op d'Enn vun der Schicht geprost, an alleguerten zesumme ware se glécklech an zefridden. Vu Rassismus gouf et deemools keng Spur, och wann deen een deen anere mol mat Spaghetti, Heckefransous oder Lëtzebuerger Kéiskapp opgezunn huet, et war alles nëmmen am Spaass geduecht, et war eben eng schéin Zäit.

Ob mir och enger schéiner Zäit sollten entgéint goen, dat houng deen Owend dovunner of, wien déi zwou Läiche waren. An Tëschenzäit hate mir alle Véier e puer Espressi ënnerdaach, an esouguer fir eise japanesche Frënd war d'Sonn nees opgaangen, obwuel se a Wierklechkeet grad ënnergoung. Lues a lues gouf et also däischter an dat war deen idealen Zäitpunkt fir sech op d'Haard ze schläichen.

Wéi mir eng gutt véierel Stonn ënnerwee waren hu mir d'Ween vun der Police an de Pompjee gesinn, déi op der Säit vun engem Wee, nieft der Ambulanz stoungen. Séier hate mir eis déi aner Säit an de Bësch op d'Lauer gelued. Deeselwechte Moment koume vis-à-vis vun eis och schonn zwee Ambulanciere mat engem Brancard den Hiwwel erofgerutscht. Gottseidank war d'Läich um Brancard mat Rimmercher festgehalen, soss hätt se sech nach op eemol selbststänneg gemaach.

D'Läiche waren also uewen an den Hiwwele fonnt ginn, an dat hat mech awer iergendwéi berouegt, wëll ech war der Meenung, dass den Néckel bestëmmt net mat zwou Läichen um Bockel dee ganzen Hiwwel do eropgekrackselt ass, fir se do ze verbuddelen. Wéi ech deeselwechte Moment dem Néckel seng Stëmm hannert eis héieren hu soen: „Wat maacht dir Véier dann hei?", do hat ech bal a meng fonkelnei Box geschass vu Schreck, dat war scho méi wéi Telepathie, dat war einfach gespenstesch.

„Salut Néckel", sot den Joe. „Mir sinn natierlech virwëtzeg wien déi zwou Läiche sinn, well schliisslech concernéiert et eis jo ... iergendwéi ... oder?"

„Kloer dat, ech versti wat s de soe wëlls. An ech hunn eng gutt Noriicht, et sinn net d'Schaul-Gesëschter, well déi leien direkt ënnert iech."

„Wéi, déi leien direkt ënnert iech?" wollt de Lucky wëssen.

„Dir leit alle Véier mat der Panz op hirem Graf!"

Wann et bei den olympesche Spiller eng Disziplin am séier opsprange géif ginn, ech menge mir hätten deen Owend alle Véier eng Goldmedaille kritt.

„A wien hu se dann elo fonnt?"

„Majo Aki, si hunn de Jong fonnt, deen am Summer 1920 hei verschwonnen ass."

„A wien huet de Jong fonnt?" wollt den Aki och nach wëssen.

„Tjo, dat ass natierlech eng ganz tragesch Geschicht. Dir wësst jo, dass den Hittepolizist Jacky vermësst gëtt. Wéi et ausgesäit war hien aus iergendengem Grond, dee mir am Moment nach net kennen, hei op der Haard ënnerwee an ass an e Schacht gefall, dee vu Planzen zougewuess war. Dofir hat en deen net gesinn an ass dra gefall, an huet sech d'Genéck gebrach. Hien ass also déi zweet Läich."

„De Jacky?! Shit, hie war e super feine Kärel."

„Do hues de Recht Bob, an e ganz zouverlässege Kadett war en och. Et wäert schwéier ginn hien z'ersetzen."

Deeselwechte Moment koumen d'Eltere vum Jong op der Haard un, ee vum Pier senge Poliziste war se Heem siche gefuer. Déi arem Leit goufen endlech, no ronn 30 Joer gewuer, wou hire Jong wier. All déi Joren iwwer hate se nach e klenge Fonken Hoffnung, dass se hire Jong iergendwann eng Kéier géinge fannen, an elo war et endlech esouwäit. Et huet een den Elteren ugesinn, wéi se iwwer all déi laang Zäit hu misse leiden, d'Zäit an d'Trauer hate Spuren an hire verbatterte Gesiichter hannerlooss. Ech hu missen un d'Eltere vun de Schaul-Gesëschter denken, déi elo genee an der selwechter Situatioun waren, mam Ënnerscheed, dass si zwee Kanner vermëssen. Obwuel ech eent vun hire Kanner selwer erschoss hat, hunn ech déif Trauer empfonnt a mir geschwuer ni méi engem Mënsch d'Liewen ze huelen. Den Aki an den Joe haten deeselwechte Gedanke, wéi mir deen Dag drop festgestallt hunn. Dem Lucky war dat alles esou laang wéi breet: „Si hunn eis bei de Flicken ugeschass an hunn den Doud verdéngt. Domm gelaf fir si, Basta an aus déi Maus." Jo, e konnt extrem kalbliddeg sinn, eise Lucky.

13. KAPITEL
Den Néckel

Nodeems mir eis Gedanken nees nei sortéiert haten, gounge mir zeréck an de „Café an der Schmelz". Dem Néckel säin Déngscht war eriwwer, an hien hat eis op e Patt invitéiert.

Am „Café an der Schmelz" war et an Tëschenzäit nees extrem roueg ginn, déi eenzeg Clienten, déi iwwreg bliwwe waren, souzen hannen am Eck Scopa ze spillen an ze fluchen.

„Dat kéinte mir a 50 Joer sinn", hat de Lucky nach gemengt, ier mir alle Fënnef e Laachkrämpche kruten.

„Raviooliiii" huet op eemol eng versoffe Stëmm um Comptoir gebierelt, an dat war déi vum Ravioli's Lou. De Lou war e Pensionnaire, deen de léiwe laangen Dag vun engem Café an deen anere getrollt ass, an hei am „Café an der Schmelz" seng lescht Statioun gemaach huet, ier en heemgewackelt ass. Säi Spëtznumm krut en och hei am Café, well e quasi all owes eng Portioun Ravioli bestallt huet. Den Zeenario war dann och all Kéier deeselwechten. Nodeems en eng hallef Stonn d'Menuskaart, op där vläicht eng hallef Dose Menüen drop stoungen, studéiert hat, goung d'Gebierels lass: „Raviooliiii".

Mir haten och alle Fënnef Honger an hunn och gebierelt: „Raviooliiii".

Iwwerflësseg ze soen, dass de Wiert deen Owend extrem d'Flemm hat, deen aarmen Däiwel.

Wéi mir d'Bäich gutt gefëllt haten, goung et eis besser. D'Humpe sinn duerno och gutt gerutscht, virun allem den

Néckel hat nach well eng duuschtereg Strass, an ass doropshi gespréicheg ginn.

„Jongen, mir mussen esou séier wéi méiglech Ersatz fir d'Galli-Bridder an de Jacky fannen".

„A wou wëlls de déi fannen?"

„Gutt Fro Bob! An ech muss éierlech soen, ech hu keng Ahnung, iwwerhaapt keng. Wann ech iech Véier e gudde Rot ka ginn, da sicht dir selwer Ersatz, ier de Pier et mécht. Well wann dee Sauhond sech op d'Sich mécht, da ginn et Leit déi op senger Säit stinn, an dat ass net gutt. Hien huet schonn ze laang dee grousse Chef hei am Quartier gespillt, et gëtt Zäit hien ofzeléisen. Ech sinn ze al fir dee Schäiss, ech wëll meng Rou hunn! Bon, vläicht mol bësse raumen ass nach OK, mä fir Responsabilitéit z'iwwerhuelen ... nee Merci. D'Zukunft gehéiert der Jugend, an ech sinn der Meenung, dass dir déi ideal Jonge fir deen Job sidd. Dir haalt zesumme wéi keng aner Clique déi ech kennen, an dat ass och gutt esou. Also, loosst iech eng afalen ... maacht iech op d'Sich ... ech sti voll hannert iech."

Dir kënnt iech wuel virstelle wéi paff mir Véier waren. Den Néckel hat d'Flemm mam Pier, wien hätt dat geduecht. En plus hat en eis zu sengen neie Cheffe gewielt, ganz eleng, an deemno ouni Géigestëmm.

„Mä eent wëlle mir awer nach wëssen Néckel, ass de Pier deen Eenzegen, also dee ganz grousse Chef, oder huet hien nach deen een oder aneren iwwert sech?"

„Dat musst der selwer erausfannen Joe, ech hu souwisou schonn ze vill gesot. Ech däerf einfach näischt méi drénken, dat ass net gesond fir mech."

„Bon, mä wéi solle mir dat dann elo maachen, also wéi fanne mir nei Leit?"

„Lauschter mol Aki, dir kennt esou vill Leit, do wäerten der dach drënner sinn, deenen der voll vertraut, oder?"

„Wann der mech frot Jongen, do fale mir elo esou ganz spontan d'Stamera-Bridder an."

„Bingo Bob!"

„Genee, dat wieren déi richteg Männer fir eis. A vläicht kënne mir jo och nach den Sgt. Brown op eis Säit zéien? Wat mengs du Néckel?"

„Dir wäert schonn dat richtegt maache Lucky. Mä denkt dorunner, dir wësst nach net iwwert de ganze Business Bescheed, dir musst schonn e bësse Gedold matbréngen. Roum ass och net an engem Dag gebaut ginn. A passt op, dass der dem Pier net scho virdrun op d'Féiss trëppelt. Ech stäipen iech de Réck esouwäit ech kann, mä ech sinn och keen Hexemeeschter."

„Gutt Néckel, ech gesi mir kënnen eis op dech verloossen. Also Jongen, loosst eis eng Nuecht driwwer schlofen, an da gesi mir weider."

„Okey Dokey Bob."

14. KAPITEL
D'Stamera-Bridder

Deen aneren Dag souze mir zesumme beim Oli am Salon, an hunn eis mol nees ganz chic maache gelooss. Dat hate mir och néideg, well den Joint an dee sëlleche Béier vum Owend virdrun haten eis bëssen zerzauselt ausgesi gelooss. En plus war dem Oli säin Espresso dat beschte Mëttel fir nees a Form ze kommen.

„A Jongen, hat der eng béiss Hënt?"

„Hal op Oli, et ass net den Hellegeschäin, deen eis op de Kapp dréckt."

„Nee Bob, esou gesitt der och net aus."

Den Oli huet doropshin esou gelaacht, dass dee ganze Speck u sengem Kierper an ënnert sengem Kënn gewackelt huet wéi e Pudding.

„Oli, wou sinn d'Stamera-Bridder drun? Ech hunn déi scho bestëmmt 14 Deeg net méi gesinn."

„Déi haten allen Zwee d'Vreckecht Bob. Déi lounge bal 14 Deeg am Bett. Mä elo missten se nees Fit sinn. Wann ech richteg héieren hunn, da si se nees mam Buggy ënnerwee."

„Buggy?"

„Jo, esou nennt een déi kleng Zichelcher mat deem se duerch d'Minière fueren. Also Joe, elo sinn ech awer enttäuscht vun dir, als anstännege Minettsdapp misst de dat awer wëssen. Zu Strof schneiden ech dir déi nächste Kéier eng Bross."

A schonn huet de Speck nees gewackelt.

„Wat haalt der dovunner wa mir an eis al Bud ginn, an do op deen nächste Buggy waarden? Wa mer Chance hunn, dann ass ee vun de Stamera-Bridder de Chauffer."

„Gudd Iddi Aki." sot de Lucky ier e sech am Spigel betruecht a gemengt huet, hie wier nach well e flotte Kärel an hätt awer vläicht besser op Hollywood ze plënneren.
Dat Schlëmmst un der Saach war déi, dass en och nach dorunner gegleeft huet. Den Joe hat et doropshin op de Punkt bruecht: „Lucky, ech hunn eng schlecht Noriicht fir dech, et gëtt kee Kleeschen."

An eng Kéier méi huet de Speck gewackelt.

Mir sinn duerno op d'Haard gewackelt. Eis Bud hate mir als Spunten op engem klengen Hiwwel gebaut, deen direkt nieft de Schinne war, wou de Buggy aus der Minière eraus a Richtung Schmelz gefuer ass. Fir eis war dat deemools allerdéngs keen Hiwwel, mä de Mount Everest op dee mir bal all Dag eropgeklomme sinn. Do hu mir dann dacks op dem Lucky säi Monni Nicolas gewaart, deen um Buggy gefuer ass. Wann e wousst, dass mir an eiser Bud wieren, dann ass en ëmmer beim Hiwwel stoe bliwwen, huet getut an op eis gewaart. Seng gutt Fra, déi jo gläichzäiteg dem Lucky seng Tatta Odile war, huet ëmmer véier Duebel-Schmiere fir eis gemaach, déi de Monni Nicolas eis da ginn huet.

„Hei ass nees Proviant fir iech, d'Odile wëll net dass dir hei an der wëller Natur erhéngert", war dann all Kéier säi Sproch. Jo, si ware super Leit, d'Odile an den Nicolas.

Wéi mir um Wee fir op d'Haard ware krute mir och Honger, an dowéinst hate mir eng Tëschestatioun am

„Café an der Schmelz" gemaach. Onnéideg ze bemierken, dass do nees Scopa gespillt a geflucht gouf.

No enger gudder Omelette, Speck, Kaffi an engem Buff goung et dann endlech op d'Haard. Virdrun hat de Lucky nieft dem Barozzi-Terrain senger Omelette an dem Speck awer nees gehollef de Wee an d'Fräiheet ze fannen. Hie war deen Dag extrem schlecht drop, an dowéinst hu mir hien nees heemgeschéckt. Allerdéngs war et net déi béis Soirée vum Dag virdrun, déi dem Lucky de Mo op d'Kopp geheit hat, mä eng Mogripp, déi eis ganz Clique fir déi nächst Deeg sollt flaachleeën.

Mä zeréck bei d'Stamera-Bridder. Mir sinn also an eis Bud getréppelt, wou mir op deen nächste Buggy gewaart hunn. A wéi den Zoufall et esou wëll, war de Luigi de Chauffer vum Dag. Deen hat sech immens gefreet eis erëmzegesinn, an huet eis och direkt fir deeselwechten Owend op e Patt an de „Café Bambi" invitéiert.

„Mäi Brudder, de Pino an den Toto kommen och, dat gëtt bestëmmt e lëschtegen Owend."

„De Pino an den Toto, déi hat ech awer schonn eng gutt Zäitchen net méi gesinn", war meng éischt Reaktioun.

„Majo, déi waren zeréck an Italien, sinn awer gëschter, no engem hallwe Joer nees zeréckkomm."

„Da si se bestëmmt elo op der Sich no enger Aarbecht, oder?"

„Kloer dat Bob. Firwat, weess de eppes fir si?"

„Net nëmme fir si Luigi, net nëmme fir si."

„Elo mësst de mech awer virwëtzeg. Mä bon, ech muss weider, meng Schicht ass geschwënn eriwwer. Allez bis den Owend Jongen, esou géint 8 Auer, ech freeë mech."

„Mir eis och Luigi, also bis den Owend beim Bambi. Ciao Bello."

Um Wee fir Heem huet den Joe och op eemol ugefaangen ze gierksen, an e war wäiss am Gesiicht wéi e Läinduch. Och him koum schliisslech d'Omelette an de Speck nees aus dem Gesiicht gefall, an dowéinst waren den Aki an ech owes eleng um Rendez-vous mat eisen ale Frënn aus de Schäpp. An Tëschenzäit huet awer kee méi vun hinnen do gewunnt. D'Stamera-Bridder hate sech en Haischen an Ueweritalien kaf, an et tipptopp renovéiert. De Pino an den Toto hate sech en Appartement an hirer Noperschaft gelount, ier se zeréck an Italien gereest sinn. Elo, nodeems se nees zu Lëtzebuerg waren, hu se zur Noutléisung bei de Stamera-Bridder an der Stuff geschlof. Iergendwéi hat ech d'Gefill, dass et dee perfekte Moment wier fir eise véier italienesche Frënn en Job ze proposéieren. Mä ware si iwwerhaapt gewëllt esou eng Aarbecht ze maachen? Ech hunn also misse Fangerspëtzegefill weise fir se ze froen, mä wéi sollt ech dat maachen? Am léifste sinn ech jo zanter jeehier riichteraus, vun der Long op Zong, also en echte Minettsdapp.

Den Aki war awer och der Meenung, dass et eng zimlech delikat Saach wier, mä wat hätte mir ze verléieren? D'Jonge wéisste souwisou mat wat mir eis Sue géinge verdéngen, also sollte mir dat Ganzt méi relax ugoen.

Mir haten iwwregens vun eisen zwee kranke Frënn grëng Luucht kritt fir all Zort vun Decisioun an deem Fall ouni si ze treffen. Dat war natierlech eng Kéier méi e Beweis vu Vertrauen an enger excellenter Frëndschaft.

Wéi den Aki an ech an de „Café Bambi" erakoumen, war direkt der Däiwel lass. D'Jonge sinn eis ëm den Hals gefall, wéi wa se eis schonn 100 Joer net méi gesinn hätten.

„Haut gëtt op déi gutt al Zäit an de Schäpp an op eng nei Zukunft geprost", huet den Toto duerch de ganze Café gebrëllt.

„Hey Bambi, bréng eis wann ech gelift mol direkt zwou Tournéeë mateneen, déi éischt fir déi dréche Strass ze spullen, an déi zweet fir a Stëmmung ze kommen."

De Pino hat nach net richteg ausgeschwat, do stoung de Bambi scho mat sengem Plateau voll Béier bei eisem Dësch. Tjo, hien huet seng Clienten ebe gutt kannt a wousst mat wat hie se kéint glécklech maachen.

Vun do u goung et ruckzucki, an ier mir eis ëmsinn haten, hate mer de Kenki scho ferm gebéit.

„Jongen, ech hunn eng ganz wichteg an delikat Fro un iech Véier."

„Ma da fuer mol duer Bob" hat de Pino gelallt, wéi ech grad am Gaang war d'Wierder zu menger Fro ze sortéieren.

„Also, et ass dat heiten ... also ... eeehhhhm ... also ... Pino an Toto, dir sidd dach bestëmmt op der Sich no engem Job, elo wou dir nees zu Luxusbuerg sidd, an dir Stamera-Bridder kéint iech och bestëmmt e besseren, a virun allem méi e lukrativen Job virstellen, wéi aacht Stonnen am Dag mam Zichelchen duerch d'Minière ze tuckeren, oder?"

„Jo Bob, dat kéinte mir", hat de Paolo nëmmen nach ënnert schwéierster Konzentratioun iwwert seng Lëpse kritt.

„A mir Zwee maachen och all Job, dees de vir eis hues. Gell Toto, dat maache mir?"

„Kloer maache mir dat Pino."

„Also Jongen, dir wësst, dass deen Job net ganz ongeféierlech, an net onbedéngt ganz koscher ass."

„Dat wësse mir Bob, lee däi Kapp a Rou. Gell Jongen?"

„Du hues recht mäi Frënd", war dat Lescht wat de Pino deen Owend nach soe konnt, ier e mat der Gladder op den Dësch gefall ass, an direkt ugefaangenen huet mat schnaarche wéi e Bier."

„Wat verdéngt een dann esou bei iech, wann een ee muss ofmuerksen?", wollt de Luigi wëssen.

„E geneeë Montant kann ech iech net soen, dat musst dir mam Chef ausmaachen, deen iwwregens de Pier ass, mä dat wäert bestëmmt näischt Neits fir iech sinn. Ech kann iech just verspriechen, dass der geschwënn d'Täsche voller Geld hutt."

Dat ass am Fong geholl dat Lescht u wat ech mech vun deem Owend erënnere kann. Wéi mir eis eng Woch méi spéit erëmgesinn hunn, dertëscht loung déi ganz Clique jo mat der Mogripp am Bett, war ob jiddwerfalls fir jiddereen alles klipp a kloer. Ech hat de Paolo den Dag no eisem „Saufgelage" beim Bambi kontaktéiert, an him gesot e soll mat sengem Brudder, dem Toto an dem Pino bei de Pier goen, fir weider Detailer iwwert hiren neien Job ze kréien. De Pier war och ouni Kommentar mat hinne Véier averstanen, an esou stoung enger gudder Zesummenaarbecht, mat Leit deene mir voll vertraue konnten, näischt méi am Wee.

15. KAPITEL
Um Barozzi's Terrain

Den Dag ier mir eis nees alleguerte beim Pier treffe sollten, fir d'Detailer vun eiser aller Zukunft ze beschwätzen, ass mir esou kloer an Erënnerung bliwwen, wéi wann et gëschter gewiescht wier.

Et war Nuets um 01.00 wéi bei eis den Telefon geschellt a mech voll aus dem Schloff gerappt huet. Ech hunn héiere wéi meng Mamm dropgaangen ass, konnt awer kee kloert Wuert eraushéiere wat si mat deem um aneren Enn vun der Leitung geschwat huet.

Kuerz duerno stoung meng Mimmchen nieft mengem Bett: „Et war den Néckel, hie war ganz opgereegt a sot du solls direkt bei de Barozzi's Terrain kommen, e brauch onbedéngt deng Hëllef."

„Den Néckel ... beim Barozzi?"

„Jo, an du solls dech tommelen. Mäi Jong pass gutt op dech op, ech hu kee gutt Gefill, do ass eng kromm an der Heck, wann s de mech frees."

„Kee Problem Mamm, mir wäert schonn näischt passéieren."

„Ech hoffe mäi Jong! Ah jo, e sot och du solls onbedéngt eleng kommen, a genee dat mécht mir Angscht Bob."

„Mimmchen, maach dir net ze vill Suergen. Wann den Néckel seet ech soll eleng kommen, dann huet hien och bestëmmt e Grond dofir. An den Néckel ass eise Frënd, deem kann ee blann vertrauen."

Ech hat probéiert menger Mamm d'Angscht ze huelen, ma ech muss éierlech zouginn, dass et mir deen Owend och net ganz geheier war. Firwat rifft den Néckel mech matten an der Nuecht aus dem Bett fir him bei de Barozzi hëllefen ze kommen? A wat soll ech him matten an der Nuecht wuel hëllefen? Meng Äntwert dorobber war, dass e Problemer hätt, iergendeng Läich verschwannen ze loossen, an dofir sollt ech him eng Hand upake kommen. Mä, wien huet dann dës Kéier missen de Läffel ofginn, war da scho meng nächst Fro?!

A wéi ech mir all dës Froe gestallt an och Äntwerten drop fonnt hat, war ech scho beim Barozzi's Terrain ukomm. Wäit a Breet war awer direkt näischt vum Néckel ze gesinn. Doropshi sinn ech wéi e Fuuss ronderëm den Terrain geschlach, bis ech op eemol lauter kleng Luuchte matten um Terrain gesinn hunn.

Wéi ech zeréck bei d'Haaptentrée gaange sinn, stoung d'Paart grouss op, an ech hätt kéinte schwieren, dass se zou war wéi ech kuerz virdrun do ukoum. Lues a lues goufen d'Angschtgefiller do awer méi grouss, net eleng well et dach schonn eng zimlech gespensteesch Situatioun war, mä well ech op eemol e Mënsch tëscht all deene Luuchte gesinn hunn. Déi Luuchte waren eng Hellewull Käerzen, déi am Krees opgeriicht waren, a matten an deem Krees souz e Mann op engem Stull, gefesselt, an de Kapp no ënnen hänken.

Wann d'Héichiewen net gepaff hätten, da wier et an där Nuecht esou roueg gewiescht, dass een eng Maus hätt kéinte piipsen héieren. Dës Rou gouf just duerch mech ënnerbrach: „Hallo ... Hallo ... ass do een?" Mä et war keng Äntwert ze héieren, ech konnt esou dacks ruffe wéi ech wollt, mä kee Piep koum zeréck.

Wéi ech lues op de Mann am Krees duergaange sinn, ass et mir wéi e Blëtz duerch de Kapp geschoss, dass dat den Néckel wier. Do ass eng schif gelaf, sot ech fir mech selwer, an awer esou haart, dass een et iwwert de ganzen Terrain héiere konnt.

Ech hat nach net richteg realiséiert wéi haart ech fir mech selwer geschwat hat, wéi ech eng immens Péng am Réck gespuert hunn an op de Buedem gefall sinn. Ier ech dat pickegt Gras richteg a mengem Gesiicht spiere konnt, stoung ech nees op mengen zwee Féiss. Allerdéngs net aus eegener Kraaft, et stoung nämlech en zollite Kärel viru mir, dee mech mam Kolli gepaakt an opgehuewen huet. Duerno goung alles nach méi séier, ech hunn iwwerall Fäischt gespuert, am Réck am Mo, am Gesiicht, einfach iwwerall. Grad wéi ech gespuert hunn, dass d'Blutt mir aus Mond an Nues gelaf ass, goungen dann d'Luuchte fir mech aus. Dat Lescht wat ech nach matkrut war eng Stëmm déi zu mir sot: „Ech hoffen dat war dir eng Léier. Hal dech an Zukunft méi kleng, dat gëllt och fir deng dräi Frënn an deen Trëllert um Stull."

Wéi ech nees zou mir koum war d'Sonn grad opgaangen an déi éischt Villercher hunn hiert Liiblingslidd gezwitschert. Den Da loung nach um Gras an en Hues souz matten dran an huet mir frech an d'Gesiicht gekuckt, ier e sech nees op de Wee gemaach huet. Deeselwechte Moment hunn ech all eenzel Schank a mengem Kierper gespuert a gemierkt, dass ech gefesselt op engem Stull souz.

„Hey Bob, bass du dat hannert mir?"

„Néckel?"

„Jo ech sinn et, ech sëtzen och op engem Stull gefesselt hannert dir mäi Frënd. Wéi geet et dir, alles esouwäit OK?"

„OK ass gutt gesot, ech krut der e puer anstänneger an d'Sabbel, grad dee Moment wéi ech dech hei fonnt hunn."

„Sorry Bob, mä ech gouf an de Vestiaire gefoltert, a si wollte mir mam Klappmesser en A ausschneiden, wann ech dech net géing uruffe fir mir hëllefen ze kommen. Et deet mir wierklech Leed."

„Maach dir doriwwer keng Gedanken Néckel, ech hätt an denger Plaz net anescht gehandelt."

„Wat maacht dir Zwee dann hei? Hu dir d'Rees op Jerusalem gespillt a sidd eleng ... ëm Gotteswëllen, wat ass dat mat iech passéiert?"

„Gianni? Gutt dass de kënns, maach eis wann ech gelift lass."

„Kloer, maachen ech direkt."

Et war den Gianni aus dem „Café an der Schmelz", dee moies schonn ëmmer ganz fréi mam Hond ënnerwee war an eis nëmmen doduercher entdeck hat, well säi Flocky sech selbstänneg gemaach hat. A sech hat de Flocky eis wuel an eiser penibeler Situatioun entdeckt.

16. KAPITEL
De Sniffy

Eng hallef Stonn méi spéit souz déi ganz Clique am „Café an der Schmelz". Eis Meedercher natierlech och, a si waren déi beschten Infirmièren déi ee sech virstelle konnt, oder besser gesot Aide-Infirmièren, well meng Mamm war an där Situatioun jo déi grouss Cheffin. Gottseidank war keng vun eise Blessuren esou schlëmm, fir dass mir hätte missen an d'Spidol fueren. Déi puer Platzwonnen hate meng Mamm an eis Meedercher séier zougebitzt. A mir kruten natierlech eng Kamell, well mir net gekrasch hunn. Jo jo, meng Mamm konnt sech heiansdo och vun enger ganz witzeger Säit weisen.

De Lucky war natierlech um héije Päerd, an et war schwéier hien nees ze berouegen. Wa mir hie gewäerde gelooss hätten, da wier e poulriicht bei de Pier heemgefuer, an hätt deen ouni mat der Wimper ze zécken erschoss. Mä dat hätt eis absolut näischt bruecht. Mir hunn einfach misse gedëlleg sinn, bis mir eben all d'Geheimnisser aus dem Quartier géinge kennen. Also hate mir decidéiert ze waarde bis eis Zäit géing kommen, och wann et sollt Joren daueren.

An awer wollte mir wësse wien de Pier eis do op de Pelz gehetzt hat. A virun allem och wien eis beim Pier ugeschass hat. Wien hat also dem Pier vun eisem Gespréich mam Néckel erzielt? Am Café waren deen Owend just déi véier italienesch Scopa-Bopen, den Gianni an de Ravioli's Lou.

Den Gianni war natierlech bëss beleidegt, well mir hie mat am Verdacht haten. Mä mir waren eis awer séier eens, dass den Gianni net deejéinege war, deen eis beim Néckel ugeschass hat. Déi véier Bope koumen och net a Fro, well déi hu just italienesch geschwat, si konnte logescherweis also kee Lëtzebuergescht Gespréich verstoen. Da war do nëmmen nach de Ravioli's Lou, mä och dee koum net a Fro, well dee war ëmmer esou breet, dass e seng eege Gedanken net verstoe konnt, an deemno scho guer net wat ronderëm hie geschwat gouf.

Wéi mir do souzen ze rätselen, goung dem Gianni eng Späicherliicht op. „Wësst dir wien nach hei a mengem Café war?"

„Nee Gianni! Macht et net esou spannend, wie war nach do?"

„De Sniffy loung do hannen am Eck op der Bänk ze schlofen, Bob! Deen hat ech owes ganz vergiess, an hat e moies do fonnt, well e geschnaarcht huet wéi e Bier."

De Sniffy huet eigentlech Marco Schmitt geheescht, an hie war ee vu ganz wéinege rengrassege Lëtzebuerger déi am Quartier gewunnt hunn. Säi Spëtznumm Sniffy krut hie well em ëmmer d'Schnuddelen aus der Nues gelaf sinn, déi hien all Kéier nees eropgezunn huet.

De Sniffy war a sech eng arem Sau, an hien huet eis och ëmmer immens leed gedoen. Säi Papp war ee richtege Cretin, deen all Dag no der Schicht déi ganz Pai am Café versoff huet. Wann en da knëppelvoll heemkoum, da krut seng Fra an de Sniffy der zimlech dacks, fermer an d'Sabbel. Hie war mat dat brutaalst wat deemools am Quartier ronderëm gelaf ass. Enges Daags koum en déck begladdert aus engem Café an ass poulriicht op d'Kanner duergaangen, déi virun der Dier gespillt hunn. Eent vun dëse Kanner war säi Bouf, also de Sniffy. En hat em esou eng ferm an d'Sabbel geschloen, dass deen aarmen Däiwel fir véier Wochen am Koma loung. De Sniffy war duerno net méi deeselwechten, hien hat vun deem Moment un immens Problemer sech op eppes ze konzentréieren, ass an der Schoul ëmmer méi schlecht ginn an iergendwann hat en da wierklech keng richteg Kontroll méi iwwert sech. Kuerz gesot, hien hat op eemol eng mat der Dänn, fir et mol salopp auszedrécken.

Mir aner Kanner hunn awer ni de Spunnes mat him gedriwwen, well en eis vun Ufank un immens leed gedoen huet. Och eis Elteren haten ëmmer e gutt Wuert fir de Sniffy wann en opgetaucht ass. Meeschtens huet em och de Mo grommelt, well en nees näischt z'iesse krut, an da souz en ëmmer bei iergendenger Famill mëttes mat um Dësch.

De Problem war nämlech deen, dass säi Papp enges Daags decidéiert hat, mat enger anerer Fra säi Gléck a Südfrankräich ze probéieren. En huet seng siwe Saache gepaakt, Äddi gesot, a fort war en. En hat sech net mol nach eng Kéier ëmgedréit, wéi e mat senger neie Flam d'Capallaris's Gässel erofgewackelt ass.

Dem Sniffy seng Mamm hätt jo kéinten opootmen, dass se deen Drecksak endlech lass war, mä de Géigendeel war de Fall. Si ass an eng déif Depressioun gefall, aus där si ni méi erauskoum. Si krut zwar en Job als Botzfra op der Gemeng, mä enges Daags ass si och zur Alkoholikerin ginn, an de Sniffy war op eemol sech selwer iwwerlooss.

Een deen och ganz vill nom Sniffy a senger Mamm gekuckt huet, war de Pier. Den Aki sot dowéinst eng Kéier, dass de Pier awer en Häerz hätt. Mat der Meenung stoung hien awer eleng do. A sech war de Pier och a senger Roll vum Samariter en Drecksak, well hien huet ëmmer nees vun der Situatioun profitéiert, bei him gouf et eben näischt fir näischt.

E puer Deeg nodeems den Néckel an ech moies um Terrain waakreg goufen, hat den Néckel en intressant Telefonsgespréich tëscht dem Pier an dem Stater Colonel Heinz, also deem Offizéier, dee fir déi grouss Razzia am Paesi d'amore responsabel war, matkritt. De Pier hat him erzielt, dass en de Sniffy iwwerriede konnt eis nozespionéieren, fir him da kënnen z'erzielen, iwwert wat mir alles geschwat hätten. Als Géigeleeschtung géif hie sech eng gutt Pizza verdéngen. Deen arem Däiwel hat eis fir eng Pizza beim Néckel ugeschass, dat muss ee sech mol virstellen.

Dat Bescht un där ganzer Saach war awer déi, dass den Néckel sech bei eis verschwat hat. Duerch déi Situatioun wousste mir elo, dass de Colonel géing hannert där ganzer Saach stiechen. An et koum nach besser, hie war de ganz grousse Chef vun enger Organisatioun, déi al Joer e Verméigen zu Diddeleng verdéngt huet. En plus goufe mir vum Néckel gewuer, dass net de Pier, mä eise Buergermeeschter Julien Schaffner deen zweete Mann an där Organisatioun war!

.

17. KAPITEL
Den Dancing

E puer Deeg méi spéit hate mir eis beim Oli getraff an decidéiert, dass säi Salon definitiv déi sécherst Plaz am Quartier wier, an domadder hate mir dann och eng nei Zentral. D'Caféen am, an och ronderëm dem Quartier, waren einfach e Risiko. A bei engem vun eis Doheem wollte mir dat och net maachen, well Beruff a Privatliewe sollten esou gutt wéi méiglech vunenee getrennt bleiwen, wat souwisou net sou einfach war, jo et war a sech bal onméiglech, mä bon ..."

D'Stamera-Bridder hate sech an Tëschenzäit gutt an hirem neie Beruffsliewen ageschafft. Si ware fir d'Sécherheet vun de Meederche responsabel an haten immens vill Spaass dorunner. Den Toto an de Pino haten d'Funktioun vum Sécherheetsmännche virun der Opiumhiel iwwerholl, an hu sech deen Job gedeelt. Dat heescht si hunn op Schichte geschafft.

Tjo a mir Véier? Ma mir woussten eng Zäitchen iwwerhaapt net méi wou eis Plaz an där ganzer Organisatioun wier. Wa mir de Pier gefrot hu wat mir maache kéinten, da koum einfach déiselwecht Äntwert: „Am Moment näischt. Maacht iech eng schéin Zäit, ech melle mech wann eppes ass."

Dat näischt maache war am Ufank jo eng fei Saach, mä no engem gudde Mount hate mir déck de Kéis a wollten endlech nees eppes ze schaffen hunn. Genee dee Moment hat ech eng méi al Iddi nei opgegraff a menge Frënn se presentéiert. Meng Iddi war et en Dancing am Quartier opzemaachen, also eng Plaz wou de Weekend Danzmusek wier, a vläicht eemol an der Woch e flotten Jazzowend. Kuerz virdrun hat ech an der Diddelenger Kasär en amerikaneschen GI kennegeléiert, deen zu Bitburg stationéiert war, an eng Band hat. Säin Numm war Daniel LaCroix, hie koum vun New Orleans, an hat domadder den Jazz am Blutt. A senger Band waren och zwee däitsch Zivilisten, wat de Virdeel hat, dass si och déi ganz Schlagerhits aus där Zäit spille konnten. D'Band huet iwwregens „Jambalaya" geheescht, wat a sech jo en typesche Räismenu an der Cajun-Kichen, an och an der kreolescher Kichen am Louisiana ass.

Meng Iddi vum Dancing koum gutt bei menge Frënn un, an och den Oli war méi wéi begeeschtert dovunner. Elo goung et just nach drëm, de Pier dovunner z'iwwerzeegen. Eleng konnte mir dat nämlech net op d'Bee setzen, dofir hate mir déi finanziell Moyenen net. Et war eis awer och bewosst, dass mir eis domadder eng Kéier méi géinge vum Pier ofhängeg maachen.

De Pier selwer war och Feier a Flam fir deen Dancing opzemaachen, allerdéngs wollt hien 30% vum Gewënn fir sech hunn. Mir hunn direkt eisen OK ginn, mä a menge Gedanken hat de Pier sech domadder säin Doudesuerteel ënnerschriwwen. Ech wollt ofwaarde bis alles 100 prozenteg gekläert wier, oder besser gesot, bis dat finanziellt geregelt an den Dancing op wier. Duerno sollt et dem Pier e Strapp ze séier goen, dat hat ech dee Moment fest decidéiert.

Ech hat och direkt dat richtegt Lokal fir den Dancing fonnt, an zwar op der 44, rue Gare-Usines, wat dat lescht Haus op der rietser Säit vum Quartier war, ier d'Gafelung tëscht der Rue des Minières an der Rue Gare-Usines koum. En Numm fir den Dancing hat ech och schonn am Kapp, e sollt ganz einfach „Americano" heeschen.

18. KAPITEL
Den Iwwerfall a seng Suiten

Kuerz virun der Fuesent 1951 war et endlech esouwäit, den Dancing stoung viru senger offizieller Ouverture. Allerdéngs hat eng negativ Geschicht säi Schiet virausgehäit. Ongeféier eng Woch virun der Ouverture gouf den Oli a sengem Salon iwwerfall. Déi zwee Schäisskréimer haten dee ganze Salon kuerz a kleng geschloenen, dem Oli d'Verméige vu ganzer 10 Frang aus der Kees geklaut, an deem aarmen Däiwel déi riets Hand gebrach. Onnéideg ze soen, dass den Oli fir eng gutt Zäitchen net méi schaffe konnt.

Obwuel de Pier zanter Jore Schutzgeld vun de Geschäfts-, a Wiertsleit am Quartier akasséiert hat, war him dat alles schäissegal. „Dann hat en ebe Pech, deen décken Iesel. Da soll en déi nächste Kéier besser oppassen, wien en a säi Salon eraléisst", war säin dämleche Kommentar dozou.

Domadder hat hie sech definitiv säin eegent Graf geschëppt, an dat war déi Kéier net meng Meenung eleng. Zirka eng Stonn no sengem Kommentar souz ech nees bei him um Büro. „Eent soen ech dir Pier, mir loossen eis net méi laang vun dir op d'Nues schäissen. Entweder du ënnerhëls elo eng an där Geschicht, oder mir bekëmmeren eis op eege Fauscht drëms. Mä da brauchs de dech net ze wonneren, wann aus dengen 30% op eemol knapp 10% ginn. An nach eppes, den Dancing ass bezuelt a geet d'nächst Woch op ... du weess wat ech soe wëll, oder?"

Nodeems ech em dat an de Kapp geheit, a gemierkt hunn, dass de Schweess him am Aarsch zesummegelaf ass, wousst ech, dass eise grousse Moment net méi all ze wäit ewech wier. De Pier wousst spéitstens elo, dass en net méi mat eis maache konnt wat e wollt. Jo, en hat op eemol

Angscht virun eis, an dat war menger Meenung no net nëmmen doduercher, dass ech de Courage opbruecht hat, him klipp a kloer ze soen, wou den Hues géing hinhoppelen.

Nach deeselwechten Dag hu mir d'Aarbechter, déi nach am Gaange waren dem Dancing dee leschte Schlëff ze verpassen, an dem Oli säi Salon geschéckt, fir deen nees esou séier wéi méiglech nei opzeriichten. Et huet keng Stonn gedauert wéi op eemol eng weider Dosen Aarbechter an och Nopere beim Oli opgetaucht sinn, fir eng Hand unzepaken. Nach ni virdrun a mengem Liewen hat ech esou eng grouss Hëllefsbereetschaft erlieft, wéi den Dag am Oli sengem Salon. A knapp zwee Deeg war de Salon komplett renovéiert, a keen huet och nëmmen ee Su fir seng Aarbecht oder d'Material gefrot. Jidderee war Happy, dass en dem Oli hëllefe konnt.

An nach eng aner grouss Hëllef gouf dem Oli ugebueden, wéi säi fonkelneie Salon, ganz am deemools moderne Style, bis färdeg war. Keen anert wéi máin Jane hat sech bereet erkläert dem Oli säi Salon ze féieren, bis hien nees gesond wier. Et war dee Moment wéi mir gewuer gi sinn wat d'Jane geschafft huet ier et op den Dapp gaangen ass, hatt war nämlech Coiffeuse, an et hat esouguer säin eegene Salon zu London.

De Pier hat iwwregens an Tëschenzäit den Uerder erausginn no deenen zwee Idioten ze sichen, déi den Oli iwwerfall haten. Allerdéngs hate seng Leit net déi klengste Spur.

Wéi mir, mat e bësse Retard, mat en Aarbechten am Dancing färdeg waren, war e Moment komm eng gutt Fläsch Schampes ze käppen. Grad wéi e Stopp duerch d'Géigend geflunn ass, goung d'Dier op an dem Bambi säi Jéngste koum ganz opgereegt eragelaf.

„Bob, Bob, Bob … Bob …"

„Ciao Mario, wat ass da lass?

„Bob, Bob …"

„Hey, elo beroueg dech dach emol … gëff dem Bouf eng Cola Jane."

Wéi den 12 Joer jonke Krauselkapp seng Cola gedronk, a sech bësse calméiert hat, konnt e mir endlech soe wat en esou opgereegt hat.

„Bob, mäi Papp sot du solls direkt an de Café kommen. Do sëtzen der Zwee, déi bretzen sech domadder, dass se den Oli iwwerfall hunn."

„Merci Mario. Sou, déi do plécke mir eis elo. Aki a Lucky, dir Zwee kommt mat mir. Joe, Luigi a Paolo, dir passt op, dass se net an der ënneschter Gässel erausgelaf kommen. Jane, ruff an de Paesi d'Amore un, a so de Pino an den Toto sollen direkt d'Gässel nieft dem Puff blockéieren."

Wa se also an déi Gässele géingen eralafen, da géife se an der Fal sëtzen. Déi zwou Gässele waren a sech zwee oppe Gäng déi Uewer-, an Ënneritalien matenee verbonnen hunn. An deene Gäng waren och e puer Häff, wou d'Noperen deemools gemitterlech Stonne matenee verbruecht hunn, sief et fir e Pättchen zesummen ze drénken, ze grillen oder och mol iwwer Gott an d'Welt ze philosophéieren.

Wéi mir virum Café Bambi waren, koumen der grad Zwee erausgetrollt.

„Dat do sinn déi Zwee, Bob", sot de Mario ganz opgereegt.

En hat nach net ausgeschwat, wéi déi Zwee och scho probéiert hu sech aus dem Stëbs ze maachen. A meng Rechnung goung op, déi éischt Gässel war hir. An der Hallschecht haten de Pino an den Toto schonn op si gewaart, et war also relativ einfach déi zwee Drecksäck ze fänken.

„Hey wat wëllt dir vun eis? Mir hunn näischt gemaach!"

„Wann dir Zwee näischt gemaach hutt, firwat sidd der da fortgelaf?"

„Ech weess et net! Mir haten Angscht wéi mer iech gesinn hunn. Mir wësse jo wien dir sidd."

„Aha, dir wësst wie mir sinn. Ma da wësst dir zwou Intelligenzbestien och wat iech elo blitt."

„Dir mengt bestëmmt dat mam Oli, oder? Dat deet eis schrecklech leed, mir wëssen, dass dat e Feeler war.", sot dee méi klenge vun hinnen Zwee op eemol.

„Wat solle mir mat hinne maache Bob?", wollt den Toto wëssen.

„Aki, géi d'Stamera-Bridder an déi aner Gässel sichen."

„Do komme se scho Bob."

„Gutt, déi Zäit hu mir gespuert."

„Also Bob, wat solle mir dann elo mat hinne maachen?", wollt den Toto nach eng Kéier wëssen.

„Schlot se gutt ferm op d'Panz, an duerno briecht der hinnen all eenzel Fanger!"

„Solle mer se dann hei leie loossen?"

„Nee Pino, schleeft se duerno op d'Gare a gehéit se op d'Schinnen. Wann d'Schicksal et gutt mat hinne mengt, da gi se net vum Zuch iwwerrannt."

An Tëschenzäit war och den Néckel op der Plaz, d'Jane hat him ugeruff.

„Hallo Bob."

„Salut Néckel."

„Wéi ech gesinn hues de deng Leit an d'Situatioun voll am Grëff."

„Dat sinn net meng Leit Néckel, dat si meng Frënn."

„Et sinn esouwuel deng Frënn wéi och deng Leit. Du bass, wann och vläicht ongewollt, zum Chef vun der Gang avancéiert, mäi Frënd. Si kucken op dech erop a froen dech wat se maache sollen. A bei wien ass dee klenge Mario gelaf komm, fir ze soen, dass déi Zwee bei sengem Papp am Café sëtzen?"

„Dat ass dach ... keng Ahnung wat dat ass."

„Da soen ech dir wat dat ass. Du bass vun elo un eise Chef, an doriwwer gëtt net diskutéiert. Oder ass do een enger anerer Meenung?"

„Du hues vollkomme Recht Lucky. De Bob ass eise Chef a fäerdeg", war déi kuerz an energesch Reaktioun vum Aki.

Déi aner hunn alleguerten den Daum an d'Luucht gehuewen, an domadder ze verstoe ginn, dass si och där Meenung wieren. Sou war ech also zum Chef vun eiser Clique ginn, zum „Don Bob" wéi den Néckel am Spaass gemengt huet.

Nodeems déi zwee Idioten der e puer gudder an d'Sabbel kruten an et zwanzeg mol ferm geknackt hat, ass mir eréischt opgefall, dass mir observéiert goufen, an zwar vun de Leit déi an der Gässel gewunnt hunn. Wéi ech si hannert hire Fënsteren erbléckst hat, hunn och si den Daum an d'Luucht gehuewen.

„Gesäis de Bob", sot den Néckel. „Et gëtt keen am ganze Quartier deen anerer Meenung ass wéi mir."

19. KAPITEL
D'Elteren

Wien net esou begeeschter vun dëser Aktioun war, dat waren d'Eltere vun deenen zwee Idioten. De Papp war Hittepolizist op der ARBED, an huet doduercher gemengt hie wier eppes Besseres. Seng Fra war och esou e bornéiert Schäissketty, eng Stater Madämmchen, wéi den Néckel bemierkt hat.

Si wollten, dass de Pier esou séier wéi méiglech déi schëlleg géif fannen, déi hiren zwee Engelcher dat ugedoen hätt. Dass hir zwee Schäisserten den Oli iwwerfall an em d'Hand gebrach haten, dovunner wollte si allerdéngs näischt wëssen. Dem Pier ass näischt iwwreg bliwwen, hinnen héich an helleg ze verspriechen, dass e sech géing em dës däreg Affaire bekëmmeren.

A Wierklechkeet war him dat awer schäissegal, schonn eleng dowéinst well e sech net mat eis wollt uleeën. An awer wollt en der ganzer Saach e leschte Schlëff ginn, an huet dem Papp vun de Bouwen d'Stamera-Bridder laanscht geschéckt.

E puer Deeg no dësem Interview mat den Elteren, stoungen d'Stamera-Bridder virum Portal am schwaarze Wee op deen dichtege Papp ze waarden. Wéi de Schichtwiessel war koumen honnerte vun Aarbechter, entweder ze Fouss, um Vëlo oder op hire Vëlosmotoren duerch d'Portal, dëm verdéngte Feierowend entgéint.

Wéi si d'Stamera-Bridder bis erbléckst haten, goung et ganz séier deen ominéise Papp ze fannen. Bal integral hunn d'Aarbechter an eng Richtung gekuckt, an zwar an déi wou de Papp a senger flotter Hittepolizistenuniform getrëppelt koum. Et hat sech nämlech ganz séier ronderëm geschwat wat passéiert war, a jidderee war frou, dass deen Aarsch endlech géing eng Lektioun kréien. Hie war nämlech ee vun deenen Hittepolizisten déi geduecht hunn, si wiere richteg Flicken. Permanent huet dee Sauhond Aarbechter ugeschass wa se mol eng Schrauf, eng Mudder oder en anert Stéck, wat der ARBED gehéiert huet, mat heemschleefe wollten. Si haten dann zwar Material geklaut, mä d'ARBED wier bestëmmt net doduercher faillite gaangen, an et schäisst een ebe keen un, Basta!

Wéi hie selwer d'Stamera-Bridder gesinn huet, wousst en och wat d'Klacke gelaut hätten, a wollt sech aus dem Stëbs maachen. Déi Rechnung goung awer net op, well e klenge Grupp vun Aarbechter hate quasi e Krees ronderëm hie gemaach, aus deem en net konnt eraus. An där Formatioun koume se da riicht op eis Frënn duer, jo si haten de Papp quasi bei de Bridder ofgeliwwert.

Duerno hat jiddereen sech op den Heemwee gemaach, a keen Eenzege vun hinnen hat sech ëmgedréint fir ze gesi wat mam Papp géing geschéien.

Wéi kee vun den Aarbechter méi ze gesi war, goung et mam Papp an déi knaschteg Diddelenger Baach, do wou d'Rate gewunnt hunn. De Luigi war dem Papp mam Fouss an d'Genéck getrëppelt an hat en esou laang mat der Schnëss am Schlamm stieche geloos, dass en hinne bal erstéckt war. Dës Aktioun gouf direkt e puer mol widderholl. Säi Gejéimers hat de Luigi an de Paolo kee Fuerz intresséiert, am Géigendeel. Wat dee Cretin méi gejéimert huet, wat d'Bridder méi Spaass un der Saach haten.

Nodeems se de Mann eng etlech Kéiere mat der Maul an de Bulli an ënner Waasser gezapt haten, krut en der gudder an d'Gladder, an zwar esoulaang bis d'Aen esou geschwolle waren, dass en näischt méi gesinn huet. De

Luigi war op eemol der Meenung, dass en nach well grouss Läffelen hätt, wéi en Elefant, an dat wier net ganz flott.

En hat nach net ausgeschwat wéi säi Klappmesser opgaangen, a schonn een Ouer als Dessert fir d'Raten an d'Bach gefall ass. De Papp huet esou Kreesch gedoen, dass se gefaart hunn, si missten e wierklech liquidéieren. A wier de Paolo net gewiescht, ech mengen, dann hätt de Luigi deem Aarsch och dat zweet Ouer erofgeschnëppelt.

Et huet keng Woch gedauert bis déi ganz Drecksfamill hir siwe Saache gepaakt, an an d'Éisléck geplënnert ass. Méi spéit goufe mir gewuer, dass dem Papp säi Brudder e Bauerenhaff an der Géigend vun Ëlwen hätt, an dass en elo bei deem als Kniecht géing schaffen. Op jiddwerfalls hu mir dee Wouscht ni méi erëmgesinn.

20. KAPITEL
Lupara Bianca

Well mir duerch déi Affaire mam Oli sengem Salon bëssi Retard kruten, hat ech decidéiert den Dancing eng Woch méi spéit opzemaachen, also de Samschdeg nom Fuesweekend 1951. Fir d'Ouverture um 10. Februar hate mir jiddereen invitéiert deen zu Diddeleng bekannt war. Leider koumen nëmmen d'Leit aus dem Quartier, well net jiddereen der Saach getraut huet. Mä dat war net all ze schlëmm, well och esou war d'Buud struppevoll. D'Stëmmung war vun Ufank un um Héichpunkt, all Mënsch war gutt drop, huet d'Musek genoss, seng Pättercher gedronk a gedanzt bis hinnen dronke gouf. Et war also e super Owend a kee konnt soen en hätt kee Spaass gehat.

Een, deen och Spaass hat, dat war de Pier, deen ouni seng Fra a seng zwou Duechteren op d'Ouverture koum. Dat hat natierlech säi Grond, well e war hannert all de Juppen hier, déi duerch den Dancing gewackelt sinn. Déi meescht Damen déi present waren, haten dat awer guer net witzeg fonnt, an enger méi jonker Dame war méi spéit am Owend d'Hand ausgerutscht, wéi de Pier gemengt hat e misst där jonker Schéinheet un den Aarsch goen.

A well et genee dee Moment war, wéi den Orchester, oder besser gesot eis Band, an eng wuelverdéngte Paus goung, hat et sou geklaakt, dass awer och jiddereen matkrut wat passéiert war. De Pier stoung do wéi wann en an d'Box gepisst gehat hätt. En hat sech viru sämtleche Gäscht bis op d'Schanke blaméiert.

Deeselwechte Moment hu meng Frënn mech gekuckt, wéi wa se mech wéilte froen, ob se eng sollen ënnerhuelen.

„Mir waarde bis Feierowend, da pëtze mir eis en", war meng Äntwert op eng ongestallte Fro.

Wat de Feierowend méi no koum, wat mir méi ongedëlleg goufen. Wéi moies um fënnef Auer dee leschte Gaascht den Dancing verlooss hat, ware just nach meng Frënn, ech selwer an de Pier iwwreg. Eisen dichtegen Här Kommissär hat nach well eng ferm an der Schäiss an houng um Comptoire wéi eng verfault Salami.

„Deen ass total am Eemer, solle mir net waarden? Da pëtze mir eis en eben nächste Weekend. Dee kritt dach guer näischt méi mat", hat den Aki mir an d'Ouer gepëspert.

„Gleef mir Aki, deen ass méi séier nees Fit wéi e kucke kann. Jongen, kroopt iech en a schleeft en an de Keller. Virdrun haalt der seng domm Maul eng Zäitchen an Äiswaasser".

Wéi de Pier d'Jonge gesinn huet op sech duer kommen, do wousst en direkt wat d'Klacke gelaut hunn.

„Hey Jongen, elo kommt awer. Dir hutt mir schliisslech alles ze verdanke wat dir sidd. Ouni mech géif der iech elo an der Minière de Bockel kromm schaffen! ... Hey Jongen ... hey ... loosst mech goen ... Jongen ... Jongen, et kann een dach iwwer alles schwätzen ... wann ech gelift net ... Jongen ..."

Wéi den Aki an de Lucky en hannert de Comptoir geschleeft hunn, huet e gepinscht wéi e klengt Kand, deen dichtegen Här Kommissär. Esouguer wéi en d'Maul an d'Äiswaasser gezappt krut, huet en nach domm gespruddelt, gejéimert a gehault. Dee Mann, deen eis Jorelaang an der Hand hat, dee Mënschen ëmbrénge gelooss huet, war e Läppchen, an zwar e grousse Läppchen.

Am Keller hate se de Pier mat den Äerm un en Holzbalken ugestréckt, esou dass en do houng wéi de Jesus um Kräiz. En hat keng 10 Sekonne gedauert wéi e Lucky him mam Baseballschléier eng Knéischeif vreckt geschloen hat. De Pier huet Kreesch gedoen, dass den Joe gefaart hat et géif een e bis virun d'Dier vum Dancing héieren. Ech konnt em awer verséicheren, dass de Keller esou déck Maueren hätt, dass e kee Piep vun him géing de Wee erausfannen.

A wéi mir doriwwer diskutéiert hunn, hat de Lucky him och schonn déi zweet Knéischeif vreckt geschloen. Ech hunn de Lucky misse bremsen, well et hätt keng zwou Minutte gedauert an de Pier hätt de Läffel ofginn. De Lucky hat dee Moment nees dee Bléck drop, wou ee sech am beschte kleng hält, wann een en net kennt.

„Hey Jongen, wann der mech goe loosst, da verroden ech iech e grousst Geheimnis".

„Du wëlls eis also e grousst Geheimnis verroden, fir dass mir dech lafe loossen? An den Dag drop organiséiert de eng ganz Armada fir géint eis ze goen. Du bass dach mol en eekelege Baaschtert, du Drecksau. Lucky fuer duer!"

„Neen neen, ech schwieren iech ... aaahhhh ..."

A schonn nees hunn e puer Schanke gekraacht, ier en dem Joe seng Fäischt an der Gladder ze spiere krut.

„Gidd op d'Säit Jongen, elo erschéissen ech en. Ech kann deen Drecksak net méi erdroen".

„Nee, erschéiss mech net Bob. Ech weess wat mam Aki sengen Eltere geschitt ass!"

„Du weess wat mat mengen Eltere geschitt ass? Du veraarschs mech wuel gären, oder?"

„Nee Aki, ech schwieren der op de Kapp vu menge Meedercher, dass ech et weess."

„Ma dann erziel mol, du Aarsch."

„OK Aki, OK OK ... De Buergermeeschter, also de Julien, huet deng Mamm vergewaltegt an duerno huet e si an däi Papp erschoss."

„A wat huet e mat hire Läiche gemaach?"

„En huet mech gezwongen, se an den Humpen ze geheien. En huet mech domadder erpresst, dass e meng Famill géing ëmbrénge loossen, wann ech dat net fir hie géing maachen. Et deet mir schrecklech leed Aki, ech wollt dat net."

„Néckel, bréng eis deen Drecksak vu Buergermeeschter direkt heihinner. Huel de Luigi an de Paolo mat."

„OK Bob, maachen ech direkt. Kommt Männer."

Wéi den Néckel sech mat senge Leit op de Wee bei de Julien gemaach hat, konnte mir eis eng kleng Whiskey-Paus um Comptoir gënnen. De Pier hate mir am Keller hänke geloss.

„Bob, eent muss de mir verspriechen. Looss mech deejéinege liquidéieren, dee meng Elteren um Gewëssen huet, an zwar op déi Aart a Weis wéi en et verdéngt."

„Dat ass dach selbstverständlech Aki."

„Merci Bob."

Eng hallef Stonn duerno koum den Néckel mam Buergermeeschter duerch d'Dier spadséiert. Et war déi éischte Kéier, dass ech de Julien an de Schlappen an am Pyjama gesinn hunn. Wann d'Situatioun net esou eescht gewiescht wier, ech mengen dann hätte mir eis all kromm gelaacht. De Julien hat nämlech lauter kleng Petzien op sengem Pyjama. Natierlech huet e sech ferm driwwer opgereegt, dass mir en aus dem Schlof gerappt haten. Mä esou laang konnt en nach net geschlof hunn, well e war ee vun deene leschte Gäscht déi den Dancing am fréie Moie verlooss haten.

„Bréngt en an de Keller!"

„An de Keller? Wat maachen ech am Keller? Ech schwieren iech Jongen, wann dat do e blöde Witz ass, da geet et iech alleguerten e Strapp ze séier."

„Hal deng Maul, soss gëtt et eng dran, du Aarsch", sot de Lucky zu engem Buergermeeschter, dee bestëmmt gemengt huet e wier an engem schlechten Dram hänke bliwwen.

Wéi de Julien säi gudde Fränd Pier gesinn huet um Balken hänken, d'Schnëss voller Blutt an zwee gvreckte Knéien, do ass em den Aarsch awer Eent zu Dausend gaangen, an et koum kee Piep méi vun him.

„Sou Pier, dann erziel mol wat mam Aki sengen Eltere passéiert ass!"

„Jo Bob. Ma dat war esou, de Julien an ech, mir haten deemools eng ferm gehalen, a wéi mir duerch de Quartier gewackelt sinn, do koumen dem Aki seng Elteren d'Strooss erofgetrëppelt. De Julien wollt se invitéieren nach e Patt mat huelen ze goen, mä si wollten net. Doropshin ass de Julien extrem aggressiv ginn, huet dem Aki seng Mamm mat den Hoer gerappt an an déi eischt Gässel geschleeft, wou e se vergewaltegt huet. Säi Papp huet misse bei där schrecklecher Dot nokucken. An do ..."

„Dat ass guer net wouer du domm Sau, dat war ëmgedréit, du ..."

„Hey Julien, looss de Pier ausschwätzen, duerno kanns du deng Versioun erzielen, an da gesi mir wie vun iech zwee Aarschlächer Recht huet."

„OK Aki. Ech soen näischt méi, ganz wéi s de wëlls mäi Frënd."

„A so net mäi Frënd zu mir! Also Pier, en huet meng Mamm vergewaltegt a mäi Papp huet missen nokucken. A wat ass du passéiert?"

„Duerno goung alles ganz séier Aki, en huet se allen Zwee mat menger Waff erschoss, an duerno huet e mech gezwongen d'Läichen an den Humpen ze geheien. Ech schwieren, dass dat d'Wouregt ass."

„OK Julien, dann erziel eis mol deng Versioun."

„Jo Aki. A sech war et genee esou wéi de Pier gezielt huet, mat der Ausnahm, dass net ech, mä hien deng Elteren um Gewëssen huet, an och deng Mamm vergewaltegt huet."

„A wiem soll ech dann elo gleewen?"

„Ech schwieren der op menge Kanner hire Kapp, dass meng Versioun richteg ass, an net deem faule Buergermeeschter seng!"

„Julien?"

„Ech schwieren op guer näischt Aki, en plus hunn ech keng Kanner op déi ech schwiere kéint. Entweder du gleefs mir oder du erschéiss mech, deng Decisioun."

„Wouhier solls du och Kanner hunn, du Idiot, du kriss dach mol keen héich, du impotente Wichsert!"

No deem Sproch vum Pier gouf et op eemol ganz roueg am Keller, an een huet deen aneren ugekuckt. Alleguerten hu mir datselwecht geduecht, nämlech, dass de Pier sech elo selwer verroden hat. Wann de Julien impotent war, wéi soll en dann dem Aki seng Mamm vergewaltegt hunn?"

De Pier hat natierlech selwer gemierkt, dass e sech grad selwer säi Graf geschëppt hat.

„Et deet mir leed Aki, ech wollt dengen Elteren näischt doen. Mir waren den Owend knëppelvoll, mir ware jonk a wollte just Spaass, an deng Mamm war eng Schéinheet. Wann ech gelift loosst mech lafen, ech maache mech aus dem Stëbs a kommen ni méi op Diddeleng zeréck, ech schwieren et op ..."

„... menge Kanner hire Kapp. Ech weess Pier. Looss der mol eng nei afalen, ier ech der de Schwanz erofschneiden".

Duerno ass de Pier komplett duerchgedréint an huet ugefaange mat bierelen:
„Deng Mamm war souwisou eng dreckeg Houer, dat gielt Schäissketty. An däi Papp war e Schlappschwanz, deen net emol gutt genuch war fir dem Keeser vu Japan den Téi ze

zerwéieren. A wësst der wat e gemaach huet wéi ech deng Mam gutt duerchgeféckt hunn? Ma, en huet gekrasch wéi e klengt Kand, dee Läppchen do. Gekrasch huet en, däin alen Här, déi däämlech Sau. An du an deng Frënn, dir sidd dach och alleguerte Schlappschwänz, dee leschte Wouscht sidd der. Asoziale Pack aus dem Quartier. Dir hutt et net verdéngt, dass ech räich Männer aus iech gemaach hunn. An ouni mech gitt der ënner, well der ze domm sidd fir bis dräi ze zielen, dir Aarschlächer."

„Aki."

„Jo Bob?"

„Maach mat em wat s de wëlls, mä maach et direkt. Ech kann dat dommt Gesabbelts net méi héieren."

„OK Bob."

Den Aki huet dem Néckel doropshi plakeg ausdoe gelooss. Wéi en nees um Balken houng koum dem Aki säi grousse Moment. Mat sengem Sprangmesser huet en dem Pier de Schwanz an d'Eeër erofgeschnidden a sot zu him:

„Fir dat wat s de mat mengen Eltere gemaach hues, solls de e qualvollen Doud hunn, du Drecksak."

Fir d'éischt huet de Pier nach vu Péng Kreesch gedoe wéi e Schwäin um Spiiss, bis en ëmmer méi roueg gouf. Den Aki hat en einfach ausbludde gelooss. En hat also en Doud, deen ee kengem wënscht. Wéi de Pier dunn endlech de Läffel ofginn hat, wollt den Aki wësse wat e mat der Läich maache soll.

„Lupara Bianca", war meng kuerz Äntwert.

„Lupara Bianca? Bass de sécher Bob? Schliisslech war hien de Kommissär vun Diddeleng. Wann dee spurlos verschwënnt, da stelle sech bestëmmt vill Leit Froen!"

„Looss dat mäi Problem sinn Aki. Ech mengen do kréie mir eng grouss Ënnerstëtzung vun eisem Buergermeeschter, oder?"

„Kloer Bob, ech maachen alles wat s de vu mir verlaangs, Éierewuert!"

Lupara Bianca ass iwwregens déi italienesch Bezeechnung fir e Mued, meeschtens a Mafia-Kreesser, bei dem d'Läich verschwanne geloos gëtt. Domadder waren dann all Beweiser mat verschwonnen, oder wéi an eisem Fall am Humpe mat der Läich verbrannt. Dass dës Persoun fir ëmmer verschwënnt bréngt automatesch mat sech, dass d'Famill an d'Frënn vum Affer keng Méiglechkeet hunn, fir richteg ze trauren. Well ouni Läich huet een och kee richtegt Begriefnes. Dovunner ofgesinn ass ee sech jo och net sécher ob déi Persoun dout, oder einfach nëmmen aus fräie Stécker verschwonnen ass. Am Géigesaz dozou steet Lupara Rossa, e Muerd bei deem d'Läich ëffentlech ofgeluecht gëtt.

Eise Buergermeeschter gouf duerno immens Gespréicheg a wousst op all eis Froen eng Äntwert. Déi Wichtegst ware wuel déi wou d'Droge géingen hierkommen, a wéi se an de Quartier géinge geschmuggelt ginn.

De Julien sot eis, dass d'Droge vun enger Chinesescher Organisatioun vun Tréier géinge kommen. Dee Moment ass mir nees agefall, dass de Luigi mir erzielt hat, dass a leschter Zäit regelméisseg zwee Chinesen an der Opiumhiel opgetaucht sinn. An deem ganze Gedeessems mam Dancing, a mam Oli sengem Salon, hat ech dat ganz vergiess. Ech war mir awer zimlech sécher, dass dat d'Chinese vun Tréier sinn.

D'Chinesen hunn d'Droge regelméisseg vun Tréier aus an zwee Kofferen op Lëtzebuerg geschéckt. E Mataarbechter vun der Bunn, dee vun eis bezuelt gouf, huet déi zwee Kofferen ëmmer moies fréi op der Gare am Quartier un ee vun eise Kuréiere weiderginn. Ee vun dëse Kuréier war och ganz dacks de Pier selwer. Dass hien deemools op der Gare am Quartier an engem däischteren Eck stoung, wéi mir de Problem mam Heng haten, dat wat net onbedéngt en Zoufall. Mir waren einfach am falsche Moment op der falscher Plaz, an doduercher hat en eis an der Hand.

De Buergermeeschter sot eis och, dass de Pier sech sécher war, dass an eis Véier géing genuch Potenzial stieche fir kënne mat him ze schaffen. Dass en eis Méintelaang mat engem Këfferchen vun der Kasär bis an de Paesi d'Amore wackele gelooss hat, dat war a sech just fir ze testen, wéi zouverlässeg mir wieren. An och déi Razzia am Paesi d'Amore war deemools just eng Farce, fir eben ze kucken, wéi mir géinge reagéieren. Et war also eng Aart Geselleprüfung, wann een et esou wëll ausdrécken.

21. KAPITEL
Ee Colonel an zwee Chinesen

Zwee Deeg méi spéit souz ech mam Néckel, Lucky an eisem Buergermeeschter zu Tréier am Keller vun enger Bar, an där ech net onbedéngt hätt wéilte Stammclient ginn. Eng richteg ruppeg Plaz, mat grad esou enger ruppeger Clientèle.

An engem däischtere Büro hate schonn den Här Wang a säi Bouf Lee op eis gewaart, déi d'Chefe vun der Organisatioun zu Tréier waren.

„Mir waren a leschter Zäit direkt e puermol an ärer Bar zu Diddeleng Här Lenz, an ech muss soen, wat ech do gesinn hunn, dat huet mir gutt gefall. Den Ëmsaz deen dir do maacht ka sech natierlech och weise loossen. Dat Eenzegt wat mech a leschter Zäit gestéiert huet, oder besser gesot, deen Eenzegen dee mech a leschter Zäit do gestéiert huet, dat war ären Här Kommissär. Hien hat en Toun drop, deen net grad dee feinste war. Doduercher huet mäi Vertrauen an hien zimlech nogelooss. Mä, dee Problem hutt dir dann elo geléist a mir brauchen net méi iwwert ären Här Kommissär ze schwätzen. Bleift just nach ee Problem, an dat sidd dir Här Buergermeeschter! Kann ech an Zukunft nach weider op iech zielen? Mech op iech verloossen? A virun allem, kann ech iech nach ëmmer vertrauen? Well ech muss iech éierlech soen, ech kann iech net ausstoen!"

„Oh dat deet mir leed, dat ze héieren Här Wang. Mä, ech verspriechen iech, dass ech alles maachen, fir dass jidderee kann zefridde sinn!"

„Dat géing ech iech och roden Här Buergermeeschter. Mä dovunner ofgesinn ass jo elo den Här Lenz den neie Chef zu Diddeleng, wann ech richteg informéiert sinn, an den Här Schmit ass dann elo den neie Kommissär, oder?"

„Dat ass richteg Här Wong, ech an den Néckel, also den Här Schmit, mir hunn d'Muecht zu Diddeleng iwwerholl. An ech verséchieren iech, dass et mat eisem Här Buergermeeschter keng Problemer wäerte ginn. Hien ass just nach do fir eis de Réck fräizehalen, a fir déi nächst Walen ze gewannen, fir dass mir nach weider mat him schaffe kënnen."

Fir ee Moment hat een e klengt Laachen am Här Wong sengem Gesicht entdeckt, wat a sech och en Zeechen dofir war, dass e mam Resultat vun dëser Reunioun zefridde war. Finanziell koume mir och ouni Problemer op e gemeinsamen Nenner, nämlech deen, dass sech näischt géing änneren. Mir kruten also déiselwecht Konditiounen, wéi se schonn eng Zäitche virdu mam Pier ofgemaach gi waren. Dat war net nëmme fir d'Drogen esou, mä och fir d'Meedercher. Den Här Wong war also och fir nei Meedercher an eiser Bar zoustänneg, an dat war eng grouss Iwwerraschung fir eis, doriwwer wousst also nëmmen de Pier Bescheed. Ech muss och zouginn, dass ech mir bis zu deem Zäitpunkt keng Gedanken doriwwer gemaach hat, wou d'Meedercher géingen hier kommen. Verschiddener vun de Meedercher am Paesi d'Amore ware jo och vu sech aus dohinner komm, esou wéi z.B. main Jane an och menge Frënn hir Maisercher.

Dass den Här Wong fléissend Lëtzebuergesch schwätze konnt, dat war eng Saach déi mech deemools immens intresséiert hat. An d'Erklärung dozou war ganz einfach, hie war nämlech mat enger Lëtzebuergerin bestuet, an dowéinst wollt hien eis Sproch léieren.

No enger Ronn Sake goung et zeréck op Lëtzebuerg, an zwar bei de Colonel Heinz, dee scho ganz ongedëlleg bei sech Doheem op eis gewaart hat. Hie war natierlech frou doriwwer, wéi d'Verhandlunge mam Här Wong ausgaange sinn. Fir hie war domadder alles paletti. Enger gudder Zesummenaarbecht mat eis géing dann och näischt am Wee stoen. Esoulaang hie seng 15% géing kréien ... an do hunn ech e missen ënnerbriechen!

„Här Colonel, déi 15%, dat ass natierlech e Problem fir eis, mir mussen alleguerten an Zukunft e bësse méi kuerz tréppelen. Mir hunn nämlech decidéiert, dass mir keng Schutzgelder vun de Geschäft-, a Wiertsleit zu Diddeleng am Quartier méi wëllen akasséieren! A wësst der firwat? Ma ganz einfach, dat sinn eis Frënn, a mir suergen och fir si, ouni dass se mussen dofir bezuelen. A wa mol een e finanziellen Enkpass erliewe muss, da si mir och fir en do."

„Ok, dat verstinn ech ganz gutt Bob. An dofir soen ech einfach, dass 14% mir och duer ginn."

„10%"

„13,5%"

„11%"

„13%"

„12%"

„OK Bob, mäi lescht Wuert: 12,5%."

„Gutt, 12,5%! Här Colonel, domadder wier dann alles gekläert, an enger gudder Zesummenaarbecht dierft näischt méi am Wee stoen."

„Dat géing ech och soe Bob. A wéinst dem Dossier „Jean-Pierre Ney", do braucht der iech keng Gedanken ze maachen. Ech suergen derfir, dass et heescht hien hätt sech aus dem Stëbs gemaach. Ech hu muer de Moie Rendez-vous mat senger Famill, an hu schonn e puer Beweiser, natierlech falscher, gesammelt, déi dokumentéieren, dass den Här Ney seng Famill sëtze gelooss huet."

„Wann dir dat esou regele wëllt Här Colonel, da soll dat fir eis och OK sinn."

Domadder hate mir deen Dag alles zu eiser Zefriddenheet geregelt. Dat net nëmme fir eis, mä och fir eis Frënn am Quartier, déi glécklech iwwert d'Noriicht waren, dass kee méi huet misse Schutzgeld un eis bezuelen. Als Merci dofir haten se eis de Samschdeg drop eng grouss Party um Stade Barozzi organiséiert.

Owes sot den Néckel zu mir: „Du weess schonn, dass de hiren Held bass?"

„Neen Néckel", war meng Äntwert. „Si sinn d'Helden hei, well si hunn de Quartier an Diddeleng opgebaut, an zu deem gemaach wat en haut ass. An dofir muss ee se respektéieren. An op kee Fall sollt een hinnen déi schwéier verdéngte Suen aus den Täschen zéien. Dat hu se net verdéngt."

22. KAPITEL
Hochzäit x 4

Dass mir d'Muecht am Quartier iwwerholl haten, dat war also ouni Problem iwwert d'Bühn gaangen. D'Geschäfter si gutt gelaf a Jidderee war zefridden. Den Oli war e puer Méint nom Iwwerfall och nees toppfit, mä iergendwéi hat e keng Loscht méi fir nees schaffen ze goen. Doropshin hat d'Jane him d'Offer gemaach ganz bei him ze bleiwen, well hatt hat och keng Loscht méi zeréck an de Puff ze goen. Och déi aner dräi Meedercher, also d'Arisa, d'Annabelle an d'Heidi, wollten deen Job net méi maachen.

Wéi sech sollt erausstelle war d'Arisi och Coiffeuse an sengem fréiere Liewen. An ausgemaachter Saach stounge déi zwee Meedercher op eemol am Oli sengem Salon d'Hoer ze schneiden. A well déi zwou Schéinheeten och an deem Beruff grouss Talenter waren, krut den Oli vun enger Woch op déi aner eng Rise-Clintèle. D'Hären aus ganz Diddeleng koumen op eemol an de Quartier fir sech vun eise Maisercher d'Hoer schneiden ze loossen. Den Oli selwer souz de ganzen Dag virun der Dier vu sengem Salon an huet jidderee gegréisst de laanscht koum. Iergendwann hat den Oli ugefaangen de Kanner Geschichten z'erzielen an op eemol war hien de „Märchenonkel" aus dem Quartier. D'Kanner ware wéi verréckt nom Oli a senge Geschichten.

D'Annabelle an d'Heidi haten och den Job gewiesselt, a Plaz dass se am Paesi d'Amore op den Dapp gaange sinn, stounge se elo hannert der Bar an hunn zerwéiert. D'Arisa koum hinnen owes meeschtens nach eng Hand upaken, an och main Jane stoung vun Zäit zu Zäit mat senge Frëndinnen hannert dem Comptoire vum Paesi d'Amore.

Genee véier Joer méi spéit hate meng Frënn an ech eis iwwerluecht, ob et net esou lues un der Zäit wier sech ze bestueden. Schliisslech goufe mir dat Joer alleguerte scho 25 Joer al, an eis Meedercher waren alle Véier scho 5 Joer méi al wéi mir. Also huet et geheescht eis Maisercher ze froen ob se eis dann och wéilte bestueden.

Déi ideal Plaz dofir war déi fonkelnei Oppe Schwämm, déi zwee Joer virdun, also 1953, an der Parkstrooss opgaange war. De Buergermeeschter perséinlech hat eis gehollef, dass mir matten an der Nuecht mat eise Meedercher konnten an d'Schwämm eran, wou den Oli an aner Frënn aus dem Quartier eng ganz romantesch Dekoratioun virbereet haten. Si haten op der grousser Wiss véier Häerzer aus Käerzen op de Buedem geluecht. Et war geplangt, dass mir Véier mat eise Maisercher matten an deenen Häerzer, also all Koppel an engem Häerz, géinge froen ob se eis wéilte bestueden.

D'Meedercher woussten natierlech guer näischt vun där Aktioun. Si waren der Meenung mir géingen Nuets heemlech schwamme goen a se hu gekickelt wéi jonk Schoulmeedercher. Dir kënnt iech wuel d'Iwwersachung an hire Gesiichter virstellen, wéi se déi véier Häerzer op der Wiss gesinn hunn. Deen éischte Moment wousste se net esou richteg wat eigentlech lass wier. Eréischt wéi mir véier Koppelen an deene véier Häerzer stoungen ass hinne bewosst ginn, wat géing op se duer kommen. D'Jane hat scho gejaut „Jo ech wëll", ier ech iwwerhaapt d'Chance hat et ze froen, ob et wéilt meng Fra ginn.

Déi aner hu sech doropshi vreckt gelaacht, a meng Frënn haten all Méi sech dorobber ze konzentréieren hir Meedercher ze froen. Déi haten awer méi Gedold wéi main Jane, an hunn hir Jongen déi berühmt Fro stelle gelooss, wouropshin se allen Dräi mat engem glécklechen „Jo" geäntwert hunn.

Duerno souze mir nach stonnelaang an der Schwämm, hu Schampes gedronk a waren déi glécklechst Mënschen op der Welt.

Genee ee Mount méi spéit hunn dann d'Hochzäitsklacken an Diddeleng gelaut, allerdéngs nëmme fir d'Jane a mech. Déi aner hate verschidde Reliounen an dowéinst gouf decidéiert sech nëmmen op der Gemeng ze bestueden. An awer hate mir eng véierfach Hochzäit, wann och nëmmen op der Gemeng.

De Luigi hat eis véier Koppele mam Lucky sengem dekoréierte VW Bus vum Quartier aus bis op d'Gemeng gefouert, wou de ganze Quartier op eis gewaart, an eis mat engem groussen Applaus begréisst huet.

No enger ganz schéiner Ried vun eisem Buergermeeschter, an nodeems mir eis alleguerten d'Jo-Wuert ginn haten, goung et an d'Poarkierch. Och hei war meng Mamm an den Oli eis Trauzeien, deen Job konnte se deen Dag op der Gemeng scho véiermol ausüben. En plus hat den Oli déi grouss Éier d'Jane dierfe virun den Altor ze féieren, an doriwwer war hie ganz stolz. Natierlech hat meng Mamm d'Éier mech dierfe bei den Altor ze féieren, wou máin d'Jane schonn op mech gewaart huet.

Obwuel eis Frënn sech jo net konnten an der Kierch bestueden, ware mir eis mam Paschtouer eens ginn, dass déi aner awer hunn dierfte vir mat eis beim Altor stoen, wann och nëmmen op der Säit. Esou gesinn hate mir dann awer iergendwéi eng véierfach Hochzäit an der Kierch. An doriwwer war haaptsächlech meng Mamm ganz glécklech, déi jo eng ganz reliéis Fra war.

No enger flotter Zeremonie, an nodeems nees eng Kéier de ganze Quartier virun der Dier op eis gewaart an op en neits applaudéiert huet, goung et nees zeréck an de Quartier, an zwar ze Fouss mat all eise Frënn. Dat hate mir ganz kuerzfristeg decidéiert, well mir geduecht haten et wier dach flott, wa mir als Prozessioun géingen an de Quartier zeréckpilgeren. An esou koum et, dass eng Hellewull gutt gelaunte Leit sech ze Fouss duerch de schwaarze Wee an der Quartier gemaach haten, wou eng grouss Hochzeitsfeier op eis gewaart huet.

Eis Hochzäitsfeier hate mir am Schoulhaff vun der fonkelneier Schoul am Quartier organiséiert. Matten am Schoulhaff stoung och e mega grousst Zelt, an deem den Orchester aus dem Dancing gespillt huet. Et war dee schéinsten Dag an eisem jonke Liewen, en Dag de mir mat all eise Frënn a Familien deele konnten. Eis ass et gutt gaangen, a mir hunn an eng grouss Zukunft gekuckt, wat sollt do dann nach schif goen.

23. KAPITEL
E grousse Verloscht

Am Hierscht vum selwechte Joer koumen donkel Wolleken iwwert mäi Liewen. Bei menger Mamm, déi ni och nëmmen eng eenzeg Zigarett an hirem Liewe gefëmmt hat, gouf Longekriibs diagnostizéiert. Si war schonn zanter Wochen net ganz gutt, wollt awer bei keen Dokter goen. Am Ufank hunn ech geduecht si hätt eng ferm Bronchite, mä leider hat ech mech do geiert. Den Houscht ass ëmmer méi staark ginn, an d'Otmen ass hir ëmmer méi schwéier gefall.

Zum Schluss wollt si net méi am Spidol bleiwen, si sot wa se scho misst stierwen, dann doheem an hirem Bett. Am spéiden Owend vum Niklosdag 1955 huet meng Mimmche mech do verlooss. D'Jane, den Oli an ech, mir ware bei hir wéi se ageschlof ass. Si hat e Laachen an hirem Gesicht an huet ganz glécklech ausgesinn. Dat Lescht wat se sot war: „Du bass dee beschte Bouf deen eng Mamm sech wënsche kann, du hues mech ëmmer glécklech gemaach. Ech wäert dech vermëssen, mä enges Daags gesi mir eis alleguerten erëm. Elo ass et un der Zäit fir bei däi Papp ze goen. Ech hunn dech gäre mäi Jong. Ciao."

Deen Dag ass eng Welt fir mech zesummegefall. Meng Mamm war dee wichtegste Mënsch a mengem Liewen, an elo war si net méi do. Ech war deeglaang wéi gelähmt, hu mat kengem ee Wuert geschwat a konnt mech och ëm näischt bekëmmeren. De Lucky, den Joe an den Aki haten d'Begriefnes organiséiert, a menger Mimmchen eng schéi Plaz um neie Kierfecht erausgesicht, deen 1952 opgaange war.

Eréischt nom Begriefnis sinn ech an eng emotionell Phase gefall an hu stonnelaang gekrasch. Ech wollt et einfach net wouer hunn, dass meng Mamm net méi do war. Wann ech d'Jane an den Oli deemools net gehat hätt, ech mengen da wier dat schif ausgaange fir mech.

Haaptsächlech den Oli hat an där ganzer Situatioun eng wichteg Roll gespillt. Nodeems ech eng Woch net méi virun d'Dier gaange sinn, stoung hien op eemol viru mengem Bett a sot zu mir: „Sou mäi Jong, elo ass genuch getrauert a gefaulenzt ginn. Et gëtt Zäit aus dem Haus ze goen. Ech mengen net, dass deng Mamm glécklech driwwer wier dech an deem do Zoustand ze gesinn. Fir si war s de ëmmer hire staarke Jong, an dorunner soll sech och näischt änneren. Allez Hep, opstoen, ënnert d'Dusch an da geet et lass!"

„Wéi da geet et lass?", wollt ech wëssen.

„Ma ganz einfach, deng Madame huet är Wallisse gepackt, an elo geet et mol fir e puer Wochen an d'States mat iech Zwee. Souzesoen op eng verspéit Hochzäitsrees, déi deng dräi Frënn an hir Madammen iech spendéiert hunn. Bleift just nach eng Fro op, an zwar wien d'Responsabilitéit vun de Geschäfter soll iwwerhuelen, esoulaang wéi s de net do bass. Ech denken zwar, dass ech deng Äntwert kennen, mä bon …!"

„An ob ech iwwerhaapt wëll an Amerika fléien, dat ginn ech net gefrot?"

„Nö!"

„Dat heescht ech hunn an der Saach kee Stëmmrecht?"

„Genee sou ass et mäi Jong!"

Do war et, dat Wuert dat d'Situatioun verännere sollt: Mäi Jong! Den Oli sot mäi Jong zu mir, a genee esou hunn ech mech och gefillt, wéi säi Jong.

„OK Pappa, wann s du, meng Madame an d'Clique dat decidéiert hutt, da bleift mir wuel näischt anescht iwwreg wéi ze follegen."

„Genee esou ass et mäi Jong!"

„Okey Dokey, da so dem Lucky e soll maachen, dass alles klappt bis ech nees zeréck sinn."

„Dat hunn ech scho virdu mat him geregelt. Ech kennen dech an Tëschenzäit esou gutt, dass ech wousst wien s de géings designéieren."

Doropshin huet den Oli esou gelaacht, dass dee ganze Speck am Rhythmus gewackelt huet, a mir ass weider näischt iwwreg bliwwen, ewéi matzelaachen. Iergendwéi hat dat mir deen Dag gutt gedoen."

24. KAPITEL
Déi grouss U.S.A.-Tournée

Zwee Deeg méi spéit souzen d'Jane an ech am Central Park zu New York an hunn de Leit nogekuckt wéi se Schlittschong gelaf sinn. Ganz New York war a Chrëschtdagsstëmmung, iwwerall waren deelweis gigantesch Dekoratiounen ze gesinn, an dee risege Chrëschtbeemchen um Rockefeller Plaza war einfach nëmme genial. Mattendran also mir Zwee mat enger Hellewull Akaafstuten, déi eis dru gehënnert hunn, selwer Schlittschong ze lafen.

Et hat eis esou gutt am Big Apple gefall, dass mir bis Silvester do bliwwe sinn. Duerno goung et weider an de Süden, an zwar op New Orleans, well vun do koum den Jazz. A genee do hunn ech mech wuelgefillt wéi e Fësch am Waasser.

Et war eng herrlech Zäit fir mäin Jane a mech. All déi grouss Stied wéi Boston, Washington, Miami, Denver, Los Angeles, San Francisco, Seattle a Chicago, souwéi déi grouss Nationalparken, sief et de Yosemite, Mesa Verde oder de Grand Canyon an all déi aner Canyons waren eng Rees wäert.

Ier mir eis ëmsinn haten, war et scho Fréijoer ginn a mir souzen an enger Stad déi mäin Jane an ech fest an eist Häerz geschloss haten, an dat war Boulder am Colorado. Mir waren eis deemools sécher, wa mir enges Daags géingen auswanderen, da wier Boulder déi richteg Plaz. Eng Universitéitsstad matten an de Rocky Mountains, also matten an der Natur.

Am Ganzen hate mir et e Mount zu Boulder ausgehalen, a mir wieren am léifsten nach eng Zäitchen do bliwwen. Mä iergendwann muss een och mol nees zeréck an d'Heemescht fir ze kucken op alles an der Rei ass. Mä souwéi ech dat iwwer Telefon matkrut, haten de Lucky an d'Jongen alles fest am Gréff. Hie konnt mech bei eisem leschten Telefonat esouguer iwwerzeegen nach eng Woch méi laang zu Boulder ze bleiwen, well op eng Woch méi oder manner géing et och elo net méi ukommen, war seng Meenung.

Also gouf decidéiert nach eng Woch drun ze hänken. Genee déi 7 Deeg ware gigantesch, well mir haten, de selwechten Owend, wéi ech Lucky un der Strëpp hat, eng Bar entdeckt an där eng ganz nei Musek gespillt gouf, an dat war de Rock'N'Roll. D'Jane an ech mir konnten es net genuch dovunner kréien, a ware faszinéiert wéi se alleguerten dorobber gedanzt hunn. Eng Koppel, déi nieft eis um Dësch souz, waren d'Topdänzer an där Bar, an ier mir eis ëmsinn haten, stounge mir mat hinnen op der Danzpist, wou si eis geléiert hunn de Rock'N'Roll ze danzen. Seelen hat ech esou vill Spaass a mengem Liewe wéi an där Woch. Ech hu mech gefillt wéi wann ech nei gebuer gi wier, an ech war mir sécher, dass meng Mimmche mech a mäin Jane op dës Rees mat all hiren Abenteuer a schéine Momenter geschéckt hat.

Wéi mir am Fliger fir zeréck an d'Heemescht souzen, war fir eis allen zwee kloer, dass mir esou séier wéi méiglech de Rock'N'Roll missten an de Quartier kréien.

Wéi mir doheem ukoumen haten den Oli an déi ganz Clique eng Mega Party fir eis am Dancing organiséiert. Net eleng d'Party, mä och d'Musek déi eis Band deen Owend gespillt huet, war eng grouss Iwwerraschung. D'Jane hat nämlech en Telegramm an den Dancing geschéckt an d'Band gefrot ob se net séier kéinten e puer Rock'N'Roll-Lidder astudéieren, mat deene si mech iwwerrasche kéinten. Wat d'Jane net wousst, war, dass den Daniel

LaCroix schonn zanter enger Zäitchen e grousse Fan vun där Musek war, an dowéinst hat hie kee Problem Stécker mat der Band anzestudéieren.

Vun deem Dag u gouf all Weekend de Rock'N'Roll am „Americana" gespillt an natierlech och gedanzt.

25. KAPITEL
D'Konkurrenz

Rock'N'Roll-Owender waren e grousse Succès, an doduercher krute mir och méi eng jonk Clientèle an den Dancing. Op enger Säit war dat gutt, mä op der anerer Säit goufen et och dacks Problemer mat der Jugend. Do goufen et dann och e puer schwaarz Schof, déi geduecht hu si missten d'Rebellen eraushänke loossen. Mir hate se zwar ëmmer séier am Grëff, mä eis Stammclientèle vu fréier war dacks vun deene „Wëllen", wéi si se genannt hunn, genervt. Doropshin hate mir decidéiert nëmmen nach samschdes a mëttwochs méi Jugend orientéiert Owender z'organiséieren. Zwou Woche méi spéit hate mir dat awer nees réckgängeg gemaach, well d'Stammclientèle natierlech och samschdes net wollt op hir Danzmusek verzichten.

Sou koum et dann, dass mir zwee sougenannte „Rausschmeisser" engagéiert hunn. Dës zwee Ex-Zaldoten, déi ech vu fréier aus de Kasäre kannt hunn, haten d'Aufgab scho virun der Dier ze sënneren. Wien hinnen net an de Krom gepasst huet, dee koum einfach net eran, do gouf net laang diskutéiert. A mat deenen zwee grousse Lëmmele wollt kee sech uleeën. Vun deem Dag u war et roueg am Dancing a jidderee war zefridden. Eis Hausband ass ëmmer besser ginn, a si woussten et wéi keng aner e perfekte Mix aus Jazz, Rock'N'Roll an Danzmusek ze spillen.

Bis an den Hierscht 1956 ass dat alles ouni Tëschefall iwwert d'Bühn gaangen. Duerno koumt enges samschdes owes awer zu engem gréissere Problem, wéi zwee Jonker komplett ausgeflippt, an ugefaangen hunn alles kuerz a kleng ze schloen. Wéi eis „Rausschmeisser" erakoume fir déi Zwee ze bremsen, koum et zu enger Schéisserei, bei där ee vun eise Jonge schwéier blesséiert gouf.

Ier mir eis ëmsinn haten, waren déi zwee Jugendlecher aus dem Dancing erausgelaf, sech op hir Motoe gesat an duerch d'Bascht gemaach. Mir waren alleguerten ze spéit un, fir dass mer hinnen hätte kéinten nofueren. Allerdéngs hat den Néckel déi zwee erkannt, et waren dem Polack vun der Schmelz seng Bouwen.

De Polack, dat war de Milosz Kozlowski, en immigréierte Schmelzaarbechter deen e puer Méint virun deem Tëschefall geduecht hat e misst eis Konkurrenz maachen. En hat op der Schmelz en Dancing opgemaach, an deem och liicht Meedercher ze kréie waren. Allerdéngs war et eng Schmuddelbuud an e krut säin Etablissement net richteg un d'rullen.

Den Dag nom Tëschefall an eisem Dancing hate mir eis Spiounen op d'Schmelz geschéckt, déi dem Milosz mol sollten op den Zant fillen. Nodeems se him eng etlech Wodka spendéiert haten, gouf de Schnëssert an him waakreg, an en huet eise Leit alles erzielt wat mir wësse wollten.

Et war effektiv esou, dass de Milosz seng Bouwen Tomasz a Karol an de Quartier geschéckt hat fir do Zirkus ze maachen. Well dat awer schif gaange war, hat hie geplangt seng Bouwen nächste Samschdeg mat enger ganzer Rockerclique an de Quartier ze schécken.

„Da weisen ech deenen houere Bieren emol wien hei an Zukunft de Chef an Diddeleng ass", huet en déck getéint.

Domadder wousste mir genuch fir kënnen ze reagéieren. A mir hunn net laang missen iwwerleeë wat mir maache missten, an zwar esou séier wéi méiglech. Mir wollten et net esouwäit komme loossen, dass déi Fatzerten eis de Weekend géinge besiche kommen, fir nach eng Kéier Trallala ze maachen.

„Gutt Jongen, fänkt iech de Milosz a seng zwee Baaschterten, a bréngt se op den Dreckstipp, ech waarden do op iech."

„OK Bob, gëtt gemaach."

E hat keng hallef Stonn gedauert a schonn hate mir e klenge Rendez-vous mat eise polnesche Frënn um Diddelenger Dreckstipp.

Do souzen déi dräi Aaschlächer op de Knéie virun eis, mat den Hänn hannert dem Kapp. Ee vun de Bouwen hat sech schonn an d'Box geseecht vun Angscht. Mä dee Problem sollt em souwisou ni méi a sengem Liewe passéieren, well et war säi leschten Dag op dëser Welt.

„Schéine gudden Owend Milosz. Wéi een héiert, hues de wëlles e Samschdeg e kléngen Trip an de Quartier z'organiséieren."

„Nee Bob, dat hat ech einfach nëmmen esou gesot ... am Soff. Du weess jo wéi dat ass wann een ze vill gedronk huet."

„Éierlech gesot ass dat mir schäissegal ob s de eng an der Schäiss has oder net. D'Tatsaach ass, dass de en Iwwerfall op eisen Dancing geplangt hues, an dass de wëlles hues hei an Diddeleng d'Ruder z'iwwerhuelen."

„Dat hunn ech dach einfach nëmmen esou gesot fir e bëssen unzeginn. Ech géing et nimools woe mech mat engem vun iech unzeleeën. Ech schwieren dir dat Bob!"

„Wéi och ëmmer, mir gi kee Risiko an. Dat hei ass eis Stad, an esou bleift et och. Kuck der deng Bouwen nach eng Kéier gutt un, ier se de Geescht opginn."

„Nee Bob, wann ech gelift net ... net meng Bouwen. Ech schwieren der, ech ginn zeréck a Polen, wann s de dat wëlls, mä do menge Bouwen näischt, wann ech gelift net!"

Seng Bouwen an hie selwer ware mir schäissegal. En hat sech op eng Aart a Weis mat eis ugeluecht wéi sech dat bis zu deem Dag kee getraut hat. A fir dass mir net nach eng Kéier an esou eng Situatioun sollte kommen, dofir hu mir missen en Exempel statuéieren. A meng Decisioun wat mir mat hinne sollte maachen, war séier getraff.

Ouni mat der Wimper ze zécken hat ech dem Milosz seng Bouwe viru sengen Aen an de Kapp geschoss. Duerno hu mir se an en Auto gesat, dee mir dunn a Brand gestach, an de Rampli vum Dreckstipp erofgedréckt hunn.

De Milosz huet Schnuddele gekrasch an iergendeppes op Polnesch geflucht. Mä ech muss zouginn, dass dat mech deemools einfach kal gelooss huet.

„A wat maache mir mat deem Alen?", wollt en Aki wëssen.

„Geheit en de Kierchtuerm erof", war meng knapp Äntwert.

„De Kierchturm? Du mengs vun der Poarkirch, Bob?"

„Jo, bestëmmt net vun enger Kapell!"

Ech mengen dat war deemools déi éischte Kéier, dass ech den Aki ugegrannt hat, an dat war och dat Eenzegt wat mir den Owend leed gedoen hat.

Deen anere Moie gouf de Milosz vum Paschtouer op den Trape vun der Porkierch fonnt, oder besser gesot wat nach vun him iwwreg war. Eis Rechnung war op jiddwerfalls opgaangen. Offiziell huet et geheescht, de Milosz wier mat senge Bouwen an e Sträit geroden, an hätt se doropshin um Dreckstipp erschoss a verbrannt. Duerno wier hien op de Kierchtuerm geklommen an hätt sengem Liewe selwer en Enn gemaach. Mir a ganz Diddeleng woussten awer wat a Wierklechkeet passéiert war, mä doriwwer gouf ni méi geschwat.

Vun deem Moment u war et nees roueg an Diddeleng. Doduercher, dass mir en Exempel statuéiert haten, hat kee méi de Courage iergendeng Bar oder en Dancing an Diddeleng opzemaachen. Op mannst net ouni eis ze froen, an eis um Gewënn ze bedeelegen. Am Laf vun deenen nächste Jore koumen dann och e puer Dancingen am Quartier an och op der Schmelz derbäi. Mä iwwerall hate mir d'Hänn opgehalen an eis eng gëllen Nues verdéngt.

26. KAPITEL
Schlecht Zäiten

D'60er Jore sollten allerdéngs net esou gutt gi wéi déi zwee Joerzéngte virdrun, elo mol vum Krich an de 40er Joren ofgesinn. Dat wëll elo net heeschen, dass eis Geschäfter schlecht gelaf wieren, ganz am Géigendeel! Mir hunn deemools esouvill Sue gemaach, dass mir se mol net méi ziele konnten.

Déi éischt schwaarz Wollek war dann och net mat deem ville Geld ze bremsen. Am Februar 1961 hat eise Buergermeeschter bal de Läffel ofginn, wéi en e schwéieren Häerzinfarkt gemaach hat, vun deem hie sech nëmme schwéier erhuele sollt. Ongeféiert zwee Méint no dësem Virfall gouf am Gemengerot decidéiert, dass et un der Zäit wier en neie Buergermeeschter ze designéieren. D'Wiel war direkt op den éischte Schäffe gefall, deen net onbedéngt an eist Schema gepasst huet.

Den Alex Frising, wéi hie geheescht huet, war en äerzkonservative Matbierger, a mir woussten dass mat him net gutt Kiischten iesse wier. All Essai hien ze bestiechen, goungen an d'Box, an en hat direkt verlaude gelooss, dass hie sech op kee Fall géing erpressen, respektiv ënner Drock setze loossen. Dee Fatzert hat mir dat esouguer schrëftlech ginn. Wéi ech säi véier Säite laange Bréif gelies hunn, duecht ech, ech géing dreemen. De gudde Mann hat eis iergendwéi de Krich ugekënnegt.

Mä wat sollt scho schif goen, well schliisslech hat mir de Colonel Heinz jo nach an der Stad sëtzen, deen eis mat Sécherheet géing de Réck fräihalen. Dovunner ofgesi wollt hie sech jo all Mount seng 12,5% an d'Täsch stiechen. Dorop hate mir eis dann och baséiert, an et war alles weidergaange wéi gewinnt.

En halleft Joer drop war eise Colonel dann op den Titelsäite vun de Lëtzebuerger Dageszeitungen. De gudde Mann hat seng Fangeren net nëmme bei eis am Spill, mä och am Garer Quartier an der Stad, souwéi och am noen Ausland. A well en den Hals net voll genuch konnt kréien, waren d'Autoritéiten him op d'Spur komm.

Dat war déi éischte Kéier, dass ech gefaart hunn, et kéint eis alleguerten e Strapp ze séier goen. Aus deem Grond hate mir eng Krisesëtzung am Oli sengem Salon. Et gouf ouni vill hin an hier decidéiert, dass mir besser hätten e bësse méi lues ze trëppelen. Als éischt wollte mir den Drogenhandel fir eng Zäitchen op Äis leeën. Op mannst soulaang bis mir géinge wëssen, wien dem Colonel Heinz säi Successeur géing ginn. Vläicht kéint ee mat deem Mann nei verhandelen? Wann net, da misste mir eis dee Moment eben eng afale loossen.

Den Dag no dëser Krisesëtzung, et war mëttwochs de 16. August 1961, war ech mat mengem Jane op Tréier gefuer. Ech ka mech nach esou gutt un deen Datum erënneren, well et den Dag no Mariahimmelfahrt war.

Mir waren dee Summer méi dacks wéi gewinnt op Tréier gefuer, well mir eis do e schéint Haische kaf haten. Et war déi ideal Plaz fir sech heiansdo kënnen zeréckzezéien an ze faulenzen. En plus konnte mir zu Tréier eise Bankgeschäfter nokommen, an zwar ouni dass een domm Froe gestallt hätt. Ee vun eise Bänker war e Genie doranner eist Geld wäiss ze wäschen. Mir haten d'Gefill, dass et un der Zäit wier sech iergendwéi en Noutausgang ze sécheren. Nach deeselwechten Dag krute mir leider de Beweis, dass et dat richtegt Gefill war.

A sech haten d'Jane an ech eis virgeholl den Oli sichen ze goen a mat him a gudde Film an de Kino Royal an der

Parkstrooss kucken ze goen. Dëse Kino, deen eréischt 1958 nei opgoung, war dem Oli säi Liiblingskino, an et war eis ëmmer eng Freed hien dohinner z'invitéieren. Deen Owend stoung dem Charlie Chaplin säi Klassiker „Modern Times" vun 1936 um Programm, wat dem Oli säi Liiblingsfilm war. Him goung et derbäi mol net ëm den Charlie Chaplin selwer, mä ëm d'Paulette Goddard, wat déi weiblech Haaptroll gespillt huet. A genee dës Schauspillerin hat dem Oli et ugedoen, ech mengen hie war deemools an d'Paulette verléift.

Beim Oli ukoum, stoung mol fir d'éischt eng Ronn Espressi um Programm. A wéi mir esou gemitterlech eisen Espresso gedronk hunn, hate mir op eemol Schëss a kuerz duerno eng Explosioun héieren, déi aus der Géigend vum Paesi d'amore koumen. Duerno huet ee Leit héiere jäizen. Mir sinn direkt aus dem Salon erausgelaf an hunn d'Strooss eropgekuckt, wéi op eemol e Mann vun uewen erofgelaf koum, deem seng Kleeder gebrannt hunn. Ganz séier hate Passanten de Mann op de Buedem geheit an hie mat Bueddicher, déi se grad bei sech hate well se bestëmmt aus der Schwämm koumen, geläscht.

Wéi mir bei de Mann koumen hu mir gemierkt dass et de Lucky war, deen an engem ganz schlechten Zoustand war. Ech hat probéiert mech ëm hien ze bekëmmeren, mä ech hat direkt gemierkt, dass mäi beschte Frënd och eng Schosswonn am Bauch hat, an dass en um stierwe loung.

„Bob, maach dech ewech. Déi hunn eng Razzia gehalen déi ausser Kontroll geroden ass, well esou e jonke Spunt bei de Flicken d'Nerve verluer hat an ugefaangen huet ze schéissen. An iergendeen Idiot huet duerno eng Handgranat geheit, keng Ahnung wien dat war."

„Wat ass mat deem aneren, Lucky?"

„Bob, maach dech ewech ..."

„Lucky, Lucky ... wat ass mat deenen aneren?"

„Si sinn alleguerten dout Bob ... och eis Meedercher ... alleguerten ... si sinn ..."

„Lucky, Lucky ...!"

Mäi beschte Frënd ass mir deen Dag an den Ärem gestuerwen, matten op der Strooss, mat engem Bauchschoss a staarke Verbrennungen. An all meng aner Frënn waren och dout. Ech souz nieft dem Lucky, war wéi gelähmt a krut ee Moment näischt méi mat wat ronderëm mech passéiert ass. Bis ech op eemol den Oli héieren hu jäizen ech soll mech direkt mam Jane aus dem Stëbs maachen. An Tëschenzäit huet ee schonn d'Sirene vun der Police, de Pompjeeën an der Ambulanz héieren.

„Bob, maacht iech endlech ewech. Wa se dech kréien, da kënns de ni méi aus dem Klemmes eraus."

„Oli, ech kann dech dach net eleng hei loossen."

„Maach dir mol ëm mech keng Suergen, ech hu jo ni eng kromm Saach gedréit. Mir geschitt näischt. An elo maacht iech endlech op de Wee".

„Ciao Oli a Merci fir alles", dat waren déi lescht Wierder déi ech zum Oli sot, an et sollt och déi lescht Kéier sinn, dass ech hien a mengem Liewe sollt gesinn.

Et war e ganz schwaarzen Dag a mengem Liewen, ech hat op ee Coup all meng Frënn verluer, iwwreg ware just nach máin Jane an eben den Oli, deem ech also fir ëmmer hu missen Äddi soen. Ech war komplett um Enn an hu gekrasch wéi e klengt Kand.

D'Jane hat sech deemools als déi staark Fra u menger Säit bewisen. Ier ech mech ëmsinn hat, hat et mech an den Auto gesat a war mat mir an Direktioun Tréier ënnerwee. Wéi mir do an eisem Haischen ukoumen hat ech mech nees gefaangen a konnt endlech nees kloer denken.

Eng grouss Hëllef war eis dee Moment den Här Wong, deem ech direkt ugeruff hat. Ruckzuck hat hien eis e Frachtschëff organiséiert, mat deem mir matten an der Nuecht d'Musel erop bis op Koblenz gefuer sinn. Do hat een anert Schëff op eis gewaart mat deem mir iwwert de Rhäin bis an Holland gefuer sinn. Vun do aus goung et mat engem méi grousse Frachtschëff eriwwer bis an England.

Genee eng Woch nodeems mir all eis Frënn verluer haten, ware mir zu London ukomm, wou mir fir eng ganz Rei Joren och sollte bleiwen. Lues a lues ass et eis moralesch och nees besser gaangen, an iergendwann konnte mir och nees een normaalt Liewe féieren.

27. KAPITEL
London

„Et voilà, dat war also meng Geschicht. Mä Liewen am „Quartier Italien", fréier an enger fantastescher Zäit un déi ech mech ëmmer nees gären erënneren. Grad wéi u meng Frënn, meng Mamm a mäi Papp. Et gouf keen Dag a mengem laange Liewen un deem ech se net vermësst hunn."

„Mä wéi ass et duerno weidergaange Bob? A wéi war dat deemools mat der Rees duerch d'States? Dorobber bass de net ganz vill agaangen!"

„Mäi Gott, d'Rees duerch d'States! Dat war mat déi schéinsten Zäit, déi ech mat mengem Jane hat. An ech wëll déi schéin Zäit einfach fir mech behalen. Ech mengen net, dass dat iergendeen eppes ugeet."

„OK Bob, dat verstinn ech. Mä wéi goung et no London weider, a wat hutt dir alles zu London erlieft?"

„Mengs de wierklech, dat géing iergendeen intresséieren?"

„Do sinn ech mir ganz sécher Bob. Wann ech deng Geschicht schreiwen, a se als Buch erausbréngen, da kann ech net ophale wéi dir zu London ukoumt. Dat ass jo kee richtege Schluss. Also Bob, erziel mir wéi et duerno weidergoung."

„Gutt, dann zielen ech dir kuerz wéi et weidergoung. Zu London koum eng grouss Iwwerraschung op mech duer, well d'Jane hat en Haus an der Abbey Road, an deem och zwee Lokaler waren. Esouwuel d'Haus wéi och d'Lokaler stounge fräi. Mir haten deemools ganz spontan d'Iddi e Coiffer-Salon op der enger Säit, an e Pub op der anerer

Säit opzemaachen. A wat soll ech soen, d'Gléck war nees op eiser Säit, de Pub an de Salon ware vum éischten Dag un e grousse Succès.

Vun 1963 u war de Pub ze kleng, well et war d'Zäit vun de Beatles, déi an den Abbey Road Studios hir Musek opgeholl hunn. Dëse faméise Studio war grad emol 100 Meter vun eis ewech. Duerch déi vill Fans déi éiweg virun den Abbey Road Studios op hir Idoler gewaart hunn, ass och de Pub ëmmer besser gaangen, esou dass mir hu missen d'Nopeschhaus kafe fir e kënnen ze vergréisseren.

Et war nees eng super Zäit am Gaangen, deemools am Swinging London vun de Swinging Sixties. D'Moud, d'Musek an d'Leit, alles war nei, intressant an einfach nëmme genial. A vun Zäit zu Zäit, wann et mol méi roueg war, huet och mol deen een oder anere prominente Museker sech am Pub verlaf, esou och de Paul an den John, déi sech fir een Nomëtteg verkleet haten, fir esou kënnen onerkannt duerch London ze lafen. Eréischt nodeems ech mech bal eng hallef Stonn gemitterlech mat hinnen ënnerhalen hat, konnt ech erkenne wie sech ënnert deene falsche Bäert verstoppt hat. Dat war schonn e ganz grousse Moment a mengem Liewen."

„Wéi laang sidd dir dann zu London bliwwen?"

„Majo bis Fréijoer 1967. Enges Daags hate sech hollännesch Hippien an eisem Pub verlaf, déi eis erzielt hunn, si wieren ënnerwee fir an d'U.S.A., an zwar op Monterey a Kalifornien, wou se op e grousse Museksfestival wollte goen. Duerno wéilte se op San Francisco trampen, wou sech Hippien aus aller Welt géingen treffe fir zesummen de „Summer of Love" ze feieren."

„An do bass du an däin Jane matgaangen?"

„Richteg! Eng Kéier méi hate mir, ouni vill z'iwwerlëen, en neit Kapitel an eisem Liewen opgeschloen, a sinn an d'Sates ausgewandert."

28. KAPITEL
Amerika

„Wéi war et dann zu San Francisco während deem legendäre „Summer Of Love"? Dat muss dach genial gewiescht sinn, oder?"

„Jo dat war et! Mir haten eis en Hausboot zu Sausalito kaf an hu fir eng Rei Jore kee Streech méi geschafft. Duerch mäi clevere Banker zu Tréier hate mir d'Täsche jo voller Geld a mir konnten eis eng Auszäit leeschten. Et war awer och déi Zäit an där mir Droge konsuméiert hunn, an dat net ze knapps. D'Jane an ech ware richteg Hippie ginn, mäi Baart an och meng Hoer goufen ëmmer méi laang, an och eis Kleedung war ganz Hippie-Like."

„Elo so mir nach dir wiert och um Woodstock derbäi gewiescht!?"

„Kloer ware mir um Woodstock derbäi. Allerdéngs krute mir net vill dovunner mat, well mir permanent zou ware wéi d'Houseker. D'Drogen haten esou lues iwwerhand geholl, mir ware quasi nonstop bekifft. Gottseidank blouf et just bei Marihuana, mir haten ni haart Droge konsuméiert."

„A wéi laang war dir an deem Zoustand?"

„Bis nom Woodstock. Wéi mir nees zu Sausalito waren, gouf d'Jane krank an ech hu misse mat him an d'Spidol. Do hate se eng Diagnose mat där mir net onbedéngt gerechent haten. Main Jane war net krank, mä schwanger! Dat war déi beschten Noriicht déi mir zanter Jore kruten, a mir ware richteg Happy doriwwer. Jorelaang hat mir probéiert Nowuess ze kréien, an op eemol, ouni dass mir domadder gerechent haten, war d'Jane an aneren Ëmstänn."

„An dat war den Ausléiser méi lues ze trëppelen?"

„Genee esou war et. Mir goungen doropshin an eng Kur fir eis d'Drogen ofzegewinnen. Während dëser Kur war eis d'Iddi komm alles zu Sausalito ze verkafen an eis eng aner Heemecht ze sichen. Spontan ass eis dee Moment eis Zäit zu Boulder agefall, a wéi glécklech mir deemools do waren. Duerch eng Immobiliëfirma zu San Francisco hate mir ganz séier en Haus mat engem Lokal zu Boulder am Colorado fonnt, an dat matten am Downtown. Mir wollten eisem Kand gutt Eltere sinn, déi et op e gudde Wee géinge schécken. A gleef mir, dat ass eis och gelongen. Op Vältesdag 1970 koum eis Duerschter zu Boulder op d'Welt, déi mir no menger Mam benannt hunn: Sophia."

„Äre ganze Stolz, wann ech elo gesi wéi deng Ae glënneren."

„Stëmmt, hat ass eise ganze Stolz. E gutt Kand a virun allem ass et ganz intelligent. Et huet zu Harvard Jura studéiert, wou em säi spéidere Mann Roberto iwwert de Wee gelaf ass. E puer Joer no hirem Studium hu se zesummen eng Etude zu Boston opgemaach, déi ganz gutt geet. Dem Roberto seng Eltere koume Mëtt der 60er Joren aus Italien an d'U.S.A. Hien ass also och e Kand vun Immigranten, deemno passt e gutt an eis Famill."

„Wéie Geschäft hat dir iwwerhaapt zu Boulder opgemaach?"

„Ma, mir haten e Geschäft mat allem wat ee fir ze Wanderen an ze Fësche braucht. A genee dat war och eise Familljenhobby ginn, also wanderen a fësche goen. Wann ee matten an de Rocky Mountains wunnt, da läit et iergendwéi op der Hand, dass een esou en Hobby huet. Eis Duerschter ass zousätzlech eng talentéiert Mountainbikerein, an och op de Schi ass hatt nach well ganz gutt. Mir hunn allerdéngs ni am Dowtown vu Boulder gewunnt. Mir haten eis e schéint Haischen uewen an de Bierger kaf, bei deem och e klenge Séi ass. Mir haten eng wonnerbar Zäit do, eist Sophie, máin Jane an ech. Tjo, leider huet máin Jane eis am Summer 2006 am Alter vun 81 Joer verlooss. Hatt ass Nuets am Schlof gestuerwen. Wéi ech moies waakreg gouf, loung et dout nieft mir. Säi Gesiichtsausdrock war dee vun engem gléckleche Mënsch, a genee esou hunn ech máin Jane an Erënnerung gehalen, e gléckleche Mënsch mat deem ech e laangt a glécklecht Liewen hat."

„Wéi goung et nom Jane sengem Dout weider fir dech Bob?"

„E puer Woche viru sengem Doud hat d'Jane dovunner geschwat, dass et schéi wier awer nees iergendwann eng Kéier an déi al Heemecht ze fueren. Et wier virwëtzeg wat aus dem Quartier ginn ass, an op nach een do wier dee mir vu fréier géinge kennen. Vläicht jo den Oli? Wa jo, da misst dee jo scho bal 100 Joer al sinn.

Iergendwéi hunn ech dat als dem Jane säi leschte grousse Wonsch ugesinn, an dee wollt ech him erfëllen. Also huet eist Sophie eng Rees op Lëtzebuerg fir mech gebucht, an ech sinn am Summer 2007 an déi al Heemecht geflunn."

29. KAPITEL
Déi al Heemecht

Wéi ech zu Diddeleng aus dem Zuch geklomme sinn, war máin éischte Wee natierlech op deen neie Kierfecht, wou meng Eltere leien. Obwuel ech deemools nach zimlech fit op de Bee war, hat ech awer en zidderen an de Knéie gespuert, an och máin Häerz hat geklappt wéi geckeg.

Wéi ech viru mengen Elteren hirem Graf stoung koumen natierlech d'Tréine gelaf, an ech konnt guer net méi ophale mat pinschen. Déi éischte Kéier a mengem Liewen hat ech e schlecht Gewëssen, dass ech deemools mat mengem Jane vun Diddeleng fortgaange sinn. Mä wat hätte mir solle maachen? Wa mir bliwwe wieren, dann hätt ech bal mäi ganzt Liewen am Prisong verbruecht. Dee Moment ass et mir wéi e Blëtz duerch de Kapp gaangen: Hoffentlech erkennt kee mech hei erëm, net dass ech awer nach am Prisong landen!

D'Angscht war awer séier verflunn an iergendwéi hunn ech selwer missen de Kapp iwwert mech rëselen an hu fir mech selwer gegrinst wéi e Paangech.

Nieft mengen Elteren hirem Graf loungen dem Aki seng Elteren, hie selwer a säin Asiri. Den Aki hat kuerz nom Doud vu menger Mamm d'Graf niewendru fir seng Eltere kaf, an konnt hinnen esou och en anstännegt Begriefnis erméiglechen. Wéi ech grad doriwwer nogeduecht hat, ass mir opgefall, dass vill fräsch Blummen op der Famill Yamauchi hirem Graf stoungen. Wéi ech e puer Planzen erofgedréckt hat, déi de Grafsteen e bëssi verstoppt haten, krut ech bal e Schlag. Am Aki sengem Graf loung och den Oli, an hie muss eréischt rezent gestuerwe sinn. Ënnert sengem Numm stoung: 1906 – 2006! Onbewosst sot ech doropshi ganz haart iwwert de Kierfecht: Deen houeren Oli, deen ass wierklech 100 Joer al ginn, an hu missen haart laachen. Iergendwéi war dat e Glécksgefill fir mech ze wëssen, dass eise gudden ale Frënd e ganzt laangt Liewen hat.

Wéi ech do stoung ze grinse wéi e Kichelchen hat ech op eemol eng ganz douce weiblech Stëmm héiere soen: „Hutt dir den Oli kannt?"

Nieft mir stoung eng wonnerschéin, jonk asiatesch Fra, déi mech op den éischte Bléck un d'Asiri erënnert huet.

„Jo, den Oli war e ganz gudde Frënd vu mir a menger verstuerwener Fra. An och den Aki a seng Fra ware gutt Frënn vun eis. Mä dat ass alles schonn eng kleng Éiwegkeet hier."

„Oh jo, eisen Oli. Hier war ëmmer wéi e Papp fir mech, an och fir meng Mamm. Mäi richtege Papp hat ech jo leider ni kennegeléiert, hien ass e puer Méint viru menger Gebuert ganz tragesch ëm d'Liewe komm. Mir kënnen eis glécklech schätzen, dass mir den Oli dee Moment an och all déi Joren duerno haten. Hie war e ganz gudde Mënsch. An dofir läit en och elo an eisem Familljegraf."

Wéi déi jonk Schéinheet gesot huet, den Oli géif an hirem Familljegraf leien, do ass et mir virkomm, wéi wann ech vum Blëtz getraff gi wier. Direkt hunn ech eent an eent zesummegezielt, a koum op d'Resultat, dass déi jonk Fra dem Aki an dem Asiri hir Duerschter ass.

„Geet et iech gutt Monsieur? Dir sidd op emol ganz blech ronderëm d'Nues ginn!"

„Jo, alles an der Rei, ech war elo a Gedanken an … sidd dir dem Aki an dem Asiri hir Duerschter?"

„Jo, dat si meng Elteren. Firwat?"

„Den Aki war ee vu menge beschte Kollegen, hien den Joe an de Lucky. Ojee, wat ass dat schonn alles esou laang hier. An elo sidd dir blech ronderëm d'Nues ginn. Geet et iech gutt?"

„Jo, mä ech sinn elo bëssen irritéiert, muss ech éierlech zouginn. Elo sot just nach, dir wiert de Bob?"

„Jo dee sinn ech, de Bob Lenz. A wéi ass ären Numm?"

„Ech heeschen Jamie Schmitt, gebueren Yamauchi! Olala, meng Mamm hat also recht, si sot ëmmer, enges Daags kommen d'Jane an de Bob nees zeréck, an da feiere mir eng gigantesch Party, esou wéi fréier."

„Dat heescht, är Mamm ass deemools bei der Razzia net ëm d'Liewe komm?"

„Nee, hir war et deen Dag net gutt, an hat sech dowéinst krank gemellt. Si war schwanger a wousst et zu deem Zäitpunkt nach net. Si sot ëmmer, ech hätt hir d'Liewe gerett."

„Dat gëtt et dach net, a mir waren ëmmer der Meenung keen hätt iwwerlieft, well de Lucky sot si wieren alleguerten ëmkomm. Mä hie loung um stierwen, wéi e mir dat sot. Wéini ass är Mamm da gestuerwen?"

„Virun zwee Joer, si ass am Schlof gestuerwen."

„Genee wéi mäin d'Jane, dat ass d'lescht Joer och am Schlof gestuerwen."

„Dat deet mir leed ze héieren."

„An deen décken Oli, hien ass 100 Joer al ginn. Dat ze wësse mécht mech glécklech."

„Den Oli war guer net méi esou déck, ech un hien och ni als décke Mann kannt. Wéi meng Mamm op eemol eleng do stoung, hat hien et als seng Aufgab ugesinn, sech ëm si, an eben och ëm mech ze bekëmmeren. Hien huet ugefaangen sech anescht ze ernären a Sport ze maachen. Bon, hie war elo net e Stréch an der Landschaft ginn, mä hien hat deemools net manner wéi 50 Kilo ofgeholl."

„Dat hätt ech gäre gesinn."

„Ma wann der Zäit hutt, da géing ech iech gäre bei mech op e Café invitéieren. Da kann ech iech eng Hellewull Fotoe weisen. Meng Mamm huet no menger Gebuert ugefaangen als Fotografin ze schaffen. Si war e grousst Talent."

„Hat d'Asiri sech nees bestuet?"

„Nee, si hat zwou méi laang Relatiounen, mä zu enger Hochzäit ass et ni komm. Hier Léift zu mengem Papp war ze grouss, an dat hiert Liewe laang", sot d'Jamie mat Tréinen an den An.

„Ier mir bei d'Jamie heemgaange sinn, an de Rescht vum Dag Erënnerungen ausgetosch hunn, war ech nach op d'Griewer vu menge Frënn, dem Joe an dem Lucky gaangen, an deem natierlech och d'Annabelle an d'Heidi, grad ewéi d'Eltere vu menge Frënn leien. Dat war natierlech e ganz emotionelle Moment ginn, an ech war frou, dass d'Jamie bei mir war, dat mir d'Hand gehalen huet, esou wéi wa mir eis schonn eng Éiwegkeet géinge kennen.

Schliisslech sinn ech eng Woch zu Diddeleng bliwwen, an tëscht mir, dem Jamie a senger Famill, hat huet e Mann an zwee erwuesse Meedercher, ass eng grouss Frëndschaft entstanen, déi bis haut hält. Zanterhier komme si mech eemol am Joer fir 14 Deeg op Boulder besichen, a mir hunn ëmmer ganz schéi Momenter zesummen. Fir seng Meedercher sinn ech de Bopa Bob, an dat fannen ech einfach super.

An där Woch zu Diddeleng, hunn ech mir natierlech alles ugekuckt. Villes hat sech verännert. Et war kee vun de Kinoe méi do, an nieft der Opener Schwämm steet elo eng grouss Sportshal mat enger gedeckter Schwämm. D'Schlass Thilges ass elo d'Sekretariat vum Lycée Nic Biever, deen hannendru gebaut gouf. De schwaarze Wee gëtt et och net méi, op jiddwerfalls net esou wéi ech en an Erënnerung hat. Do ass elo eng grouss Plaz mat engem Supermarché, an hannendrun ass esouguer en Hotel, an deem ech deemools fir eng Woch gewunnt hunn. D'Bach ass och net méi esou ruppeg, wéi dat fréier war. Do féiert elo e schéine Wee derlaanscht an niewendrun ass eng kleng City.

Tjo an d'Schmelz, déi steet och net méi do, dat hu se an de spéiden 80er Joren alles ofgerappt. Iwwreg blouf eigentlech nëmmen nach de Waassertuerm an e puer Halen. An de Quartier huet sech natierlech och verännert. E Puff an en Dancing ginn et och net méi, a vun deene ville Caféen ass och bal kee méi iwwreg bliwwen. Vun deene villen Italiener, déi fréier do gewunnt hunn, sinn och bal keng méi do, déi hu sech an Tëschenzäit duerch ganz Diddeleng verdeelt. Am Quartier wunnen hautdesdaags ganz vill Portugisesch Famillen, déi och vill vun deenen alen Haiser renovéiert hunn.

De Quartier ass also net méi deen, deen e war, wéi mir en an de fréie 60er Jore verlooss hunn. An awer konnt ech den Esprit vun deemools do spieren, wéi ech während enger Woch all Dag an de Quartier getrëppelt sinn. Ech, d'Jamie a seng Famill.

Wann et en Herrgott gëtt, da kann ech him Merci soen, dass ech esou e schéint Liewen hat, an dass ech esou vill léif Leit an all deene Jore ronderëm mech hat. Ech vermësse se all Dag, an ech hoffen dass ech se iergendwann eng Kéier erëmgesinn."

„Dat hues de léif gesot Bob."

„Ëmmer nees gären Jamie. An ech muss dir e grousse Merci soen! Dofir, dass de ëmmer fir mech do bass, an dass de meng gutt Frëndin gi bass. Du an deng Famill, dir sidd mir un d'Häerz gewuess. An dann natierlech een décke Merci, dass de dir meng Geschicht ugelauschtert hues, déi iergendwéi jo och zu dengem Liewe gehéiert."

„Dat hunn ech wierklech gäre gemaach Bob. An ech freeë mech schonn deng Geschicht ze schreiwen a se als Buch erauszebréngen."

„An du mëss dat och bestëmmt ganz gutt Jamie. Du bass eng excellent Journalistin."

„Du bass léif vun dir Bob. Merci"

„Merci Jamie."

THE END

Nach eng kleng Ajoute zum Schluss

Kuerz nodeems ech dëse Roman färdeg geschriwwen hat, ass de Glen Campbell den 8. August 2017 zu Nashville am Alter vun 81 Joer un de Suitte vu senger Krankheet gestuerwen.

Den 9. Juni 2017 koum nach en allerleschten Album mam Titel „Adiós" eraus. Déi 12 Songs fir dëst Wierk, déi ouni Ausnahm Coverversioune sinn, hat de Glen tëscht 2012 an 2013 opgeholl.

Mam Glen Campbell huet eis e ganz grousse Star aus der Countrymusek verlooss. Hie war schonn zu Liefzäit eng Legend.

R.I.P. Glen Campbell

Iwwert den Auteur

De Ritchie Rischard gouf de 26. Juli 1963 zu Diddeleng gebuer. Et war d'Zäit an där véier Jonge vu Liverpool Museksgeschicht geschriwwen hunn. Et heescht seng éischt Wierder wieren dann och net „Mamma" oder „Pappa" gewiescht, mä „Yeah, Yeah, Yeah". Op jiddwerfalls markéiert d'Musek vun Ufank u säi Liewen. De Startschoss fir d'Musek zu sengem Beruff ze maache fält den 1. Oktober 1987, wéi hie Vendeur am Stader „Parc Music" gëtt. 1992 gëtt aus dem Vendeur de Museksredakter vum „DNR" an de „Bubble-Säiten" am „Télécran". 1997 erreecht hien da säin Ziel wéi e Museksredakter bei „RTL Radio Lëtzebuerg" gëtt. Bis an d'Joer 2000 mëscht hien dat Haaptberufflech, hie presentéiert deemools ë.a. den „CD vun der Woch" an „d'RTL Rocksaga". Duerno wiesselt hien an d'Publicitéit a schafft bis am September 2019 bei der „I.P.L". Nieweberufflech war an ass hie Museksredakter bei „RTL".

2012 koum mat „Den Cäsar an d'Huesendier vu Munneref" deen éischten, 2013 mat „Den Cäsar, verluer an der Zäit" deen zweeten, an 2015 mat „Den Cäsar ënnerwee an de Sixties", deen drëtten Deel vu senger Cäsar-Trilogie eraus.

2017 koum da keen neien Cäsar, mä déi fiktiv Mafiageschicht „Little Italy – Déi Véier aus dem Quartier Italien" eraus.

Ritchie Rischard

Den Cäsar an d'Huesendier vu Munneref

Roman

Band 1

Den „Hues Cäsar" geet schonn zanter 5 Joer op Munneref an d'Kur, allerdéngs an enger Parallel-Welt, also an der Welt vun den Huesen. Si hunn déiselwecht Geschicht wéi mir, an och déiselwecht Persoune liewen an hirer Welt. Et sinn awer alles Huesen.

Den Cäsar däerf déi Kéier an engem „Zauberbuch" liesen, well e wëll wësse wéi den „Hues Metty" Ufank vum 20. Joerhonnert d'Thermal Bad gegrënnt huet. Hie gëtt an d'Buch gezunn an erlieft tëscht 1900 an 1920 dem Metty seng Geschicht. Aus dem Cäsar gëtt also de Metty.

Op senger Rees duerch Länner wéi Frankräich, England, Holland an den U.S.A. begéint hie ville grousse Perséinlechkeeten, wéi z.B. dem Charlie Chaplin, der Queen Victoria oder dem Buffalo Bill.

Léiert dem Metty seng Frënn vun deemools kennen, a frëscht äert Wëssen iwwert déi gutt al Zäit am fréien 20. Joerhonnert bëssi op. Den Cäsar, alias Metty ass gären äre Guide duerch d'Welt vun den Huesen.

Ritchie Rischard

Den Cäsar, verluer an der Zäit

Roman

Band 2

Et ass nees esouwäit, den Cäsar geet op Munneref an d'Kur, natierlech an der Parallel-Welt, also an der Welt vun den Huesen. Eise Fränd däerf dann och am zweeten Zauberbuch liesen, well dat hat den Direkter Rudi Becker him jo d'lescht Joer versprach.

Déi Kéier taucht den Cäsar an d'Buch an, an hie bleift hie selwer, aus him gëtt also keen aneren Hues, sou wéi dat am éischten Zauberbuch de Fall war. Den Cäsar lant am Mee 1940 zu Munneref. Do ass de Jimmy, also dem Metty säi Bouf, grad derbäi sech op de Wee no New York bei säi Papp ze maachen. Den zweete Weltkrich ass am Gaang, an et kéint geféierlech fir hie ginn.

Doropshi maachen den Cäsar an de Jimmy sech zesummen op de Wee, an zu Paräis am Louvre verléiere si sech an der Zäit. Op hirer Rees duerch déi ënnerschiddlech Epoche begéine si ganz faméisen Huesen, esou z.b. der Kleopatra an dem Robin Hood.

Kann den Cäsar der Schéinheet vun der Kleopatra widderstoen? Wéi steet dem Jimmy e grénge Collant? Wat ass aus dem Klausi, dem Pastaharry an all deenen anere ginn? Alles Froen, op déi dir an dësem Buch eng Äntwert fannt.

Ritchie Rischard

Den Cäsar, ënnerwee an de Sixties

Roman

Band 3

E ganzt Joer huet den Cäsar misse waarden, fir däerfen an deem drëtten Zauberbuch ze liesen. Elo ass dee groussen Dag da komm, an eise Frënd taucht an d'Zauberbuch eran. Aus dem Cäsar vun haut gëtt dee Moment den Cäsar aus de 60er Joeren, an dat ass dem Jimmy säi Bouf an deemno dem Metty säin Enkel. Seng Rees am drëtten Zauberbuch féiert hie queesch duerch d'60er Joeren, a Länner wéi Australien, Argentinien a Brasilien, an eng Kéier méi begéint hie grousse Perséinlechkeeten aus där Zäit, ë.a. sinn dat d'Beatles, de Rat Pack an och den Che Guevara. Natierlech ass hien och bei groussen Evenementer vun deemools derbäi, sou z.B. beim legendäre „Woodstock Festival" an och vläit bei der Moundlandung?

„Den Cäsar, ënnerwee an de Sixties", eng Geschicht fir déi Grouss, awer och fir déi Kleng.

D'Cäsar-Trilogie koum bei der Editions Schortgen eraus.

www.editions-schortgen.lu

Printed in Poland
by Amazon Fulfillment
Poland Sp. z o.o., Wrocław